故鄉的野菜

周作人　著

周作人（一八八五年—一九六七年）

原名櫆壽（後改奎綬），字星杓，又名啟明、啟孟、起孟，筆名遐壽、仲密、豈明，號知堂、藥堂等，魯迅（周樹人）之弟，周建人之兄，浙江紹興人。中國現代著名散文家、文學理論家、評論家、詩人、翻譯家、思想家，中國民俗學開拓人，新文化運動代表人物之一。曾任「新潮社」主任編輯。「五四運動」後與魯迅、林語堂、孫伏園等創辦《語絲》週刊，任主編和主要撰稿人。

總序

兒童文學的歷史與記憶

林文寶

人陸海豚出版社所出版之中國兒童文學經典懷舊系列，要在臺灣出版繁體版，這是臺灣兒童文學界的大事。該套書是蔣風先生策劃主編，其實就是上個世紀二、三十年代的作家與作品，絕大部分的作家與作品皆已是陌生的路人。因此，說是經典有失嚴肅；至於懷舊，或許正是這套書當時出版的意義所在。如今在臺灣印行繁體版，其意義又何在？

考查各國兒童文學的源頭，一般來說有三：

一、口傳文學

二、古代典籍

三、啟蒙教材

而臺灣似乎不只這三個源頭，綜觀臺灣近代的歷史，先後歷經荷蘭人佔據三十八年（一六二四—一六六二），西班牙局部佔領十六年（一六二六—

一六四二），明鄭二十二年（一六六一－一六八三），清朝治理二〇〇餘年（一六八三－一八九五），以及日本佔據五十年（一八九五－一九四五）。其間，相當長時間是處於被殖民的地位。因此，除了漢人移民文化外，尚有殖民者文化的滲入；尤其以日治時期的殖民文化影響最為顯著，荷蘭次之，西班牙最少，是以臺灣的文化在一九四五年以前是以漢人與原住民文化為主，殖民文化為輔的文化形態。

一九四五年十月二十五日國民黨接收臺灣後，大陸人來臺，注入文化的熱血液。接著一九四九年十二月七日國民黨政府遷都臺北，更是湧進大量的大陸人口。而後兩岸進入完全隔離的型態，直至一九八七年十一月臺灣戒嚴令廢除，兩岸開始有了交流與互動。一九八九年八月十一至二十三日「大陸兒童文學研究會」成員七人，於合肥、上海與北京進行交流，這是所謂的「破冰之旅」，正式開啟兩岸兒童文學交流歷史的一頁。

其實，兩岸或說同文，但其間隔離至少有百年之久，且由於種種政治因素，目前兩岸又處於零互動的階段。而後「發現臺灣」已然成為主流與事實。

因此，所謂臺灣兒童文學的源頭或資源，除前述各國兒童文學的三個源頭，又有受日本、西方歐美與中國的影響。而所謂三個源頭主要是以漢人文化為主，其實也就是傳統的中國文化。

臺灣兒童文學的起點，無論是一九〇七年（明治四〇年），或是一九一二年（明治四十五年／大正元年），雖然時間在日治時期，但無疑臺灣的兒童文學是屬於華文世界兒童文學的一支，它與中國漢人文化是有血緣近親的關係。因此，了解中國上個世紀新時代繁華盛世的兒童文學，是一種必然尋根之旅。

本套書是以懷舊和研究為先，因此增補了原書出版的年代（含年、月）、出版地以及作者簡介等資料。期待能補足你對華文世界兒童文學的歷史與記憶。

林文寶，現任臺東大學榮譽教授，曾任臺東大學人文文學院院長、兒童文學研究所創所所長、亞洲兒童文學學會臺灣會長等。獲得第三屆五四兒童文學教育獎，中國文藝協會文藝獎章（兒童文學獎），信誼特殊貢獻獎等獎肯定。

總序二

原貌重現中國兒童文學作品

蔣風

今年年初的一天，我的年輕朋友梅杰給我打來電話，他代表海豚出版社邀請我為他策劃的一套中國兒童文學經典懷舊系列擔任主編，也許他認為我一輩子與中國兒童文學結緣，且大半輩子從事中國兒童文學教學與研究工作，對這一領域比較熟悉，了解較多，有利於全套書系經典作品的斟酌與取捨。

一開始我也感到有點突然，但畢竟自己從童年開始，就是讀《稻草人》《寄小讀者》《大林和小林》等初版本長大的。後又因教學和研究工作需要，幾乎一而再、再而三與這些兒童文學經典作品為伴，並反復閱讀。很快地，我的懷舊之情油然而生，便欣然允諾。

近幾個月來，我不斷地思考著哪些作品稱得上是中國兒童文學的經典？哪幾種是值得我們懷念的版本？一方面經常與出版社電話商討，一方面又翻找自己珍藏的舊書。同時還思考著出版這套書系的當代價值和意義。

中國兒童文學的歷史源遠流長，卻長期處於一種「不自覺」的蒙昧狀態。而清末宣統年間孫毓修主編的「童話叢刊」中的《無貓國》的出版，可算是「覺醒」的一個信號，至今已經走過整整一百年了。即便從中國出現「兒童文學」這個名詞後，葉聖陶的《稻草人》出版算起，也將近一個世紀了。在這段不長的時間裡，中國兒童文學不斷地成長，漸漸走向成熟。其中有些作品經久不衰，而一些作品卻在歷史的進程中消失了蹤影。然而，真正經典的作品，應該永遠活在眾多讀者的心底，並不時在讀者的腦海裡泛起她的倩影。

當我們站在新世紀初葉的門檻上，常常會在心底提出疑問：在這一百多年的時間裡，中國到底積澱了多少兒童文學經典名著？如今的我們又如何能夠重溫這些經典呢？

在市場經濟高度繁榮的今天，環顧當下圖書出版市場，能夠隨處找到這些經典名著各式各樣的新版本。遺憾的是，我們很難從中感受到當初那種閱讀經典作品時的新奇感、愉悅感、崇敬感。因為市面上的新版本，大都是美繪本、青少版、刪節版，甚至是粗糙的改寫本或編寫本。不少編輯和編者輕率地刪改了原作的字詞、標點，配上了與經典名著不甚協調的插圖。我想，真正的經典版本，從內容到形式都應該是精致的、典雅的，書中每個角落透露出來的氣息，都要與作品內在的美感、精神、品質相一致。於是，我繼續往前回想，記憶起那些經典名著的初版本，或者其他的老版本——我的心不禁微微一震，那裡才有我需要的閱讀感覺。

在很長的一段時間裡，我也渴望著這些中國兒童文學舊經典，能夠以它們原來的面貌重現於今天的讀者面前。至少，新的版本能夠讓讀者記憶起它們初始的樣子。此外，還有許多已經沉睡在某家圖書館或某個民間藏書家手裡的舊版本，我也希望它們能夠以原來的樣子再度展現自己。我想這恐怕也就是出版者推出這套書系的初衷。

也許有人會懷疑這種懷舊感情的意義。其實，懷舊是人類普遍存在的情感。它是一種自古迄今，不分中外都有的文化現象，反映了人類作為個體，在漫長的人生旅途上，需要回首自己走過的路，讓一行行的腳印在腦海深處復活。

懷舊，不是心靈無助的漂泊；懷舊也不是心理病態的表徵。懷舊，能夠使我們憧憬理想的價值；懷舊，可以讓我們明白追求的意義；懷舊，也促使我們理解生命的真諦。它既可讓人獲得心靈的慰藉，也能從中獲得精神力量。因此，我認為出版本書系，也是另一種形式的文化積澱。

懷舊不僅是一種文化積澱，它更為我們提供了一種經過時間發酵釀造而成的文化營養。它為認識、評價當前兒童文學創作、出版、研究提供了一份有價值的參照系統，體現了我們對它們批判性的繼承和發揚，同時還為繁榮我國兒童文學事業提供了一個座標、方向，從而順利找到超越以往的新路。這是本書系出版的根本旨意的基點。

這套書經過長時間的籌畫、準備，將要出版了。

我們出版這樣一個書系，不是炒冷飯，而是迎接一個新的挑戰。

我們的汗水不會白灑，這項勞動是有意義的。

我們是嚮往未來的，我們正在走向未來。

我們堅信自己是懷著崇高的信念，追求中國兒童文學更崇高的明天的。

二〇一一年三月二〇日

於中國兒童文學研究中心

蔣風，一九二五年生，浙江金華人。亞洲兒童文學學會共同會長、中國兒童文學學科創始人、中國國際兒童文學館館長。曾任浙江師範大學校長。著有《中國兒童文學講話》《兒童文學叢談》《兒童文學概論》《蔣風文壇回憶錄》等。二〇一一年，榮獲國際格林獎，是中國迄今為止唯一的獲得者。

目錄

西山小品

一　一個鄉民的死

我住著的房屋後面，廣闊的院子中間，有一座羅漢堂。它的左邊略低的地方是寺裡的廚房，因為此外還有好幾個別的廚房，所以特別稱它作大廚房。從這裡穿過，出了板門，便可以走出山上。淺的溪坑底裡的一點泉水，沿著寺流下來，經過板門的前面。溪上架著一座板橋。橋邊有兩三棵大樹，成了涼棚，便是正午也很涼快，馬夫和鄉民們常常坐在這樹下的石頭上，談天休息著。我也朝晚常去散步。適值小學校的暑假，豐一到山裡來，住了兩禮拜，我們大抵同去，到溪坑底裡去撿圓的小石頭，或者立在橋上，看著溪水的流動。馬夫的許多驢馬中間，也有帶著小驢的母驢，豐一最愛去看那小小的可愛而且又有點呆相的很長的臉。

大廚房裡一總有多少人，我不甚了然。只是從那裡出入的時候，在有一匹馬轉磨的房間的一角裡，坐在大木箱的旁邊，用腳踏著一枝棒，使箱內撲撲作響的一個男人，卻常常見到。豐一教我道，那是寺裡養那兩匹馬的人，現在是在那裡把馬所磨的麥的皮和粉分做兩處呢。他大約時常獨自去看寺裡的馬，所以和那男人很熟悉，有時候還叫他，問他各種小孩子氣的話。

這是舊曆的中元那一天。給我做飯的人走來對我這樣說，大廚房裡有一個病人很沉重了。一個月以前還沒有什麼，時時看見他出去買東西。舊曆六月底說有點不好，到十多里外的青龍橋地方，找中醫去看病。但是沒有效驗，這兩三天倒在床上，已經起不來了。今天在寺裡做工的木匠把舊板拼合起來，給他做棺材。這病好像是肺病。在他床邊的一座現已不用了的舊灶裡，吐了許多的痰，滿灶都是蒼蠅。他說了又勸告我，往山上去須得走過那間房的旁邊，所以現在不如暫時不去的好。

我聽了略有點不舒服。便到大殿前面去散步，覺得並沒有想上山去的意思，至今也還沒有去過。

這天晚上寺裡有焰口施食。方丈和別的兩個和尚念咒，方丈的徒弟敲鐘鼓。我也想去一看，但又覺得麻煩，終於中止了，早早地上床睡了。半夜裡忽然醒過來，聽見什麼地方有鐃鈸的聲音，心裡想道，現在正是送鬼，那麼施食也將完了罷，以後隨即睡著了。

早飯吃了之後，做飯的人又來通知，那個人終於在清早死掉了。他又附加一句道：「他好像是等著棺材的做成呢。」怎樣的一個人呢？或者我曾經見過也未可知，但是現在不能知道了。

他是個獨身，似乎沒有什麼親戚。由寺裡給他收拾了，便於上午在山門外馬路旁的田裡葬了完事。

在各種的店裡，留下了好些的欠帳。面店裡便有一元餘，油醬店一處將近四元。店裡的人聽見他死了，立刻從帳簿上把這一頁撕下燒了，而且又拿了紙錢來，燒給死人。木匠的頭兒買了五角錢的紙錢燒了。住在山門外低的小屋裡的老婆子們，也有拿了一點點的紙錢來弔他的。我聽了這話，像平常一樣的，說這是迷信，笑著將他抹殺的勇氣，也沒有了。

一九二一年八月三十日作

二　賣汽水的人

我的間壁有一個賣汽水的人。在般若堂院子裡左邊的一角，有兩間房屋，一間作為我的廚房，裡邊的一間便是那賣汽水的人住著。

到夏天，來遊西山的人很多，汽水也生意很好。從汽水廠用一元錢一打去販來，很貴地賣給客人。倘若有點認識，或是善於還價的人，一瓶兩角錢也就夠了，否則要賣三四角不等。禮拜日遊客多的時候，可以賣到十五六元，一天裡差不多有十元的利益。這個賣汽水的掌櫃本來是一個開著煤鋪的泥水匠，有一天到寺裡來做工，忽然想到在這裡來賣汽水，生意一定不錯，於是開張起來。自己因為店務及工作很忙碌，所以用了一個夥計替他看守，他不過偶然過來巡視一回罷了。夥計本是沒有工錢的，伙食和必要的零用，由掌櫃供給。

我到此地來了以後，夥計也換了好幾個了，近來在這裡的是一個姓秦的二十歲上下的少年，體格很好，微黑的圓臉，略略覺得有點狡獪，但也有天真爛漫的地方。

賣汽水的地方是在塔下，普通稱作塔院。寺的後邊的廣場當中，築起一座幾十丈高的方臺，上面又豎著五枝石塔，所謂塔院便是這高臺的上邊。從我的住房到塔院底下，也須走過五六十級的臺階，但是分作四五段，所以還可以上去，至於塔院的臺階總有二百多級，而且很峻急，看了也要目眩，心想這一定是不行罷，沒有一回想到要上去過。塔院下面有許多大樹，很是涼快，時常同了豐一，到那裡看石碑，隨便散步。

有一天，正在碑亭外走著，秦也從底下上來了。一隻長圓形的柳條籃套在左腕上，右手拿著一串連著枝葉的櫻桃似的果實。見了豐一，他突然伸出那隻手，大聲說道：「這個送你。」豐一跳著走去，也大聲問道：

「這是什麼？」

「郁李。」

「哪裡拿來的？」

「你不用管。你拿去好了。」他說著，在狡獪似的臉上現出親和的微笑，將果實交給豐一了。他嘴裡動著，好像正吃著這果實。我們揀了一顆紅的吃了，有李子的氣味，卻是很酸。豐一還想問他什麼話，秦已經跳到臺階底下，說著「一二三」，便兩三級當作一步，走了上去，不久就進了塔院第一個石的穹門，隨即不見了。

這已經是半月以前的事情了。豐一因為學校將要開學，也回到家裡去了。昨天的上午，掌櫃的侄子飄然地來了。他突然對秦說，要收店了，叫他明天早上回去。這事情太鶻突，大家都覺得奇怪，後來仔細一打聽，才知道因為掌櫃知道了秦的作弊，派他的侄子來查辦的。三四角錢賣掉的汽水，都登了兩角的賬，餘下的都沒收了存放在一個和尚那裡，這件事情不知道有誰用電話告訴了掌櫃了。侄子來了之後，不知道又在哪裡打聽了許多話，說秦買怎樣的好東西吃，半個月裡吸了幾盒的香煙，於是證據確鑿，終於決定把他趕走了。

秦自然不願意出去，非常地頹唐，說了許多辯解，但是沒有效。到了今天早上，平常起得很早的秦還是睡著，侄子把他叫醒，他說是頭痛，不肯起來。然而這也是無益的了，不到三十分鐘的工夫，秦悄然地出了般若堂去了。

我正在有那大的黑銅的彌勒菩薩坐著的門外散步。秦從我的前面走過，肩上搭著被囊，一邊的手裡提了盛著一點點的日用品的那一隻柳條籃。從對面來的一個寺裡的佃戶，見了他問道：

「哪裡去呢？」

「回北京去！」他用了高興的聲音回答，故意地想隱藏過他的憂鬱的心情。

我覺得非常的寂寥。那時在塔院下所見的浮著親和的微笑的狡獪似的面貌，不覺又清清楚楚地再現在我的心眼的前面了。我立住了，暫時望著他彳亍地走下那長的石階去的寂寞的後影。

八月三十日在西山碧雲寺

注：這兩篇小品是今年秋天在西山時所作，寄給幾個日本的朋友所辦的雜誌《生長的星之群》，登在一卷九號上，現在又譯成中國語，發表一回。雖然是我自己的著作，但是此刻重寫，實在只是譯的氣氛，不是作的氣氛。中間隔了一段時光，本人的心情已經前後不同，再也不能喚回那時的情調了。所以我一句一句地寫，只是從別一張紙上謄錄過來，並不是從心中沸湧而出，而且選字造句等等翻譯上的困難也一樣地圍困著我。這一層雖然不能當作文章拙劣的辯解，或者卻可以當作它的說明。

一九二一年十二月十五日附記

自己的園地

一百五十年前，法國的福祿特爾寫了一本小說《亢迭特》（Candide，編注又譯《憨第德》），敘述人世的苦難，嘲笑「全舌博士」的樂天哲學。亢迭特與他的老師全舌博士經歷了許多憂患，終於在土耳其的一角裡住下，種園過活，才能得到安住。亢迭特對於全舌博士的始終不渝的樂天說，下結論道：「這些都是很好，但我們還不如去耕種自己的園地。」這句格言現在已經是「膾炙人口」，意思也很明白，不必再等我下什麼注腳。但是我現在把它抄來，卻有一點別的意義。所謂自己的園地，本來是範圍很寬，並不限定於某一種：種果蔬也罷，種藥材也罷，種薔薇地丁也罷，只要本了他個人的自覺，在他認定的不論大小的地面上，應了力量去耕種，便都是盡了他的天職了。在這平淡無奇的說話中間，我所想要特地聲明的，只是在於種薔薇地丁也是耕種我們自己的園地，與種果蔬藥材，雖是種類不同而有同一的價值。

我們自己的園地是文藝，這是要先聲明的。我並非厭薄別種活動而不屑為——

我平常承認各種活動於生活都是必要；實在是小半由於沒有這樣的才能，大半由於缺少這樣的趣味，所以不得不在這中間定一個去就。但我對於這個選擇並不後悔，並不慚愧地面的小與出產的薄弱而且似乎無用。依了自己的心的傾向，去種薔薇地丁，這是尊重個性的正當辦法，即使如別人所說各人果真應報社會的恩，我也相信已經報答了，因為社會不但需要果蔬藥材，卻也一樣迫切地需要薔薇與地丁——如有蔑視這些的社會，那便是白痴的，只有形體而沒有精神生活的社會，我們沒有去顧視他的必要。倘若用了什麼名義，強迫人犧牲了個性去侍奉白痴的社會——美其名曰迎合社會心理——那簡直與借了倫常之名強人忠君，借了國家之名強人戰爭一樣地不合理了。

有人說道，據你所說，那麼你所主張的文藝，一定是人生派的藝術了。泛稱人生派的藝術，我當然是沒有什麼反對，但是普通所謂人生派是主張「為人生的藝術」的，對於這個我卻有一點意見。「為藝術的藝術」將藝術與人生分離，並且將人生附屬於藝術，至於如王爾德的提倡人生之藝術化，固然不很妥當；「為人生的藝術」以藝術附屬 人生，將藝術當作改造生活的工具而非終極，也何嘗不把藝術與人生分離呢？我以為藝術當然是人生的，因為他本是我們感情生活的表現，叫他怎能與人生分離？「為人生」——於人生有實利，當然也是藝術本有的一種作用，但並非唯一的職務。總之藝術是獨立的，卻又原來是人性的，所以既不必使他隔離人生，又不必使他服侍人生，只任他成為渾然的人生的藝術便好了。「為藝術」派以個人為藝術的工匠，「為人生」派以藝術為人生的僕役；現在卻以個人為主人，表現情思而成藝術，即為其生活之一部分，初不為福利他人而作，而他人接觸這藝術，得到一種共鳴與感興，使其精神生活充實而豐富，又即以為實生活的基本；這是人生的藝術的要點，有獨立的藝術美與無形的功利。我所說的薔薇地丁的種作，便是如此：有些人種花聊以消遣，有些人種花志在賣錢，真種花者以種花為其生活——而花亦未嘗不美，未嘗於人無益。

懷舊

讀了郝秋圃君的雜感〈聽一位華僑談話〉，不禁引起我的懷舊之思。我的感想並不是關於僑民與海軍的大問題的，只是對於那個南京海軍魚雷槍炮學校的前身，略有一點回憶罷了。

海軍魚雷槍炮學校大約是以前的《封神傳》式的「雷電學校」的改稱，但是我在那裡的時候，還叫作「江南水師學堂」，這已是二十年前的事情了。那時魚雷剛停辦，由駕駛管輪的學生兼習，不過大家都不用心，所以我現在除了什麼「白頭魚雷」等幾個名詞以外，差不多忘記完了。

舊日的師長裡很有不能忘記的人，我是極表尊敬的，但是不便發表，只把同學的有名人物數一數罷。勳四位的杜錫珪君要算是最闊了，說來慚愧，他是我進校的那一年畢業的，所以終於「無緣識荊」。同校三年，比我們早一班畢業的裡邊，有中將戈克安君是有名的，又倘若友人所說不誤，現任的南京海軍……學校校長也是這一班的前輩了。江西派的詩人胡詩廬君與杜君是同年，只因他是管輪班，所以我還得見過他的詩稿，而於我的同班呢，還未曾出過如此有名的人物，而且又多未便發表，只好提出一兩個故人來說說了。第一個是趙伯先君，第二個是俞榆孫君。伯先隨後改入陸師學堂，死於革命運動；榆孫也改入京師醫學館，去年死於防疫。這兩個朋友恰巧先後都住在管輪堂第一號，便時常連帶地想起。那時劉聲元君也在那裡學魚雷，住在第二號，每日同俞君角力，這個情形還宛在目前。

學校的西北角是魚雷堂舊址，旁邊朝南有三間屋曰關帝廟，據說原來是游泳池，因為溺死過兩個小學生，總辦命令把它填平，改建關帝廟，用以鎮壓不祥。廟裡住著一個更夫，約有六十歲，自稱是個都司，每日三次往管輪堂的茶爐去取開水，經過我的鐵格窗外，必定和我點頭招呼（和人家自然也是一樣），有時拿了自養的一隻母雞所生的雞蛋來兜售，小洋一角買十六個。他很喜歡和別人談長毛時事，他的都司大約就在那時得來，可惜我當時不知道這些談話的價值，不大願意同他去談，到了現在回想起來，實在覺得可惜了。

關帝廟之東有幾排洋房，便是魚雷廠機器廠等，再往南去是駕駛堂的號舍了。魚雷廠上午八時開門，中午休息，下午至四五時關門。廠門裡邊兩旁放著幾個紅色油漆的水雷，這個龐大笨重的印象至今還留在腦裡。看去似乎是有了年紀的東西，但新式的是怎麼樣子，我在那裡終於沒見過。廠裡有許多工匠，每天在那裡摩擦魚雷，我聽見教師說，魚雷的作用全靠著磷銅缸的氣壓，所以看著他們磨擦，心想這樣的擦去，不要把銅漸漸擦薄了麼，不禁代為著急。不知現在已否買添，還是仍舊摩擦著那幾個原有的呢？郝君雜感中云：「軍火重地，嚴守祕密……唯魚雷及機器場始終未參觀。」與我舊有的印象截然不同，不禁使我發生了極大的今昔之感了。

水師學堂是我在本國學過的唯一的學校，所以回想與懷戀很多，一時寫說不盡，現在只略舉一二，紀念二十年前我們在校時的自由寬懈的日子而已。

十一年八月

初戀

那時我十四歲，她大約是十三歲罷。我跟著祖父的妾宋姨太太寄寓在杭州的花牌樓，間壁住著一家姚姓，她便是那家的女兒。她本姓楊，住在清波門頭，大約因為排行三，人家都稱她作三姑娘。姚家老夫婦沒有子女，便認她做乾女兒，一個月裡有二十多天住在他們家裡，宋姨太太和遠鄰的羊肉店石家的媳婦雖然很說得來，與姚宅的老婦卻感情很壞，彼此都不交口，但是三姑娘並不管這些事，仍舊推進門來遊嬉。她大抵先到樓上去，同宋姨太太搭訕一回，隨後走下樓來，站在我同僕人阮升公用的一張板棹旁邊，抱著名叫「三花」的一隻大貓，看我映寫陸潤庠的木刻的字帖。

我不曾和她談過一句話，也不曾仔細地看過她的面貌與姿態。大約我在那時已經很是近視，但是還有一層緣故，雖然非意識地對於她很是感到親近，一面卻似乎為她的光輝所掩，開不起眼來去端詳她了。在此刻回想起來，仿佛是一個尖面龐，烏眼睛，瘦小身材，而且有尖小的腳的少女，並沒有什麼殊勝的地方，但在我的性的生活裡總是第一個人，使我於自己以外感到對於別人的愛著，引起我沒有明瞭的性之概念的，對於異性的戀慕的第一個人了。

我在那時候當然是「醜小鴨」，自己也是知道的，但是終不以此而減滅我的熱情。每逢她抱著貓來看我寫字，我便不自覺地振作起來，用了平常所無的努力去映寫，感著一種無所希求的迷蒙的喜樂。並不問她是否愛我，或者也還不知道自己是愛著她，總之對於她的存在感到親近喜悅，並且願為她有所盡力，這是當時實在的心情，也是她所給我的賜物了。在她是怎樣不能知道，自己的情緒大約只是淡淡的一種戀慕，始終沒有想到男女關係的問題。有一天晚上，宋姨太太忽然又發表對於姚姓的憎恨，末了說道：

「阿三那小東西，也不是好貨，將來總要流落到拱辰橋去做婊子的。」

我不很明白做婊子這些是什麼事情，但當時聽了心裡想道：

「她如果真是流落做了，我必定去救她出來。」

大半年的光陰這樣地消費過了。到了七八月裡因為母親生病，我便離開杭州回家去了。一個月以後，阮升告假回去，順便到我家裡，說起花牌樓的事情，說道：

「楊家的三姑娘患霍亂死了。」

我那時也很覺得不快，想像她的悲慘的死相，但同時卻又似乎很是安靜，仿佛心裡有一塊大石頭已經放下了。

十一年九月

玩具

一九一一年德國特勒思登地方開博覽會，日本陳列的玩具一部分，凡古來流傳者六十九，新出者九，共七十八件，在當時頗受賞識，後來由京都的芸草堂用著色木板印成圖譜，名《日本玩具集》，雖然不及清水晴風的《稚子之友》的完美，但也盡足使人怡悅了。玩具本來是兒童本位的，是兒童在「自然」這學校裡所用的教科書與用具，在教育家很有客觀研究的價值，但在我們平常人也覺得很有趣味，這可以稱作玩具之古董的趣味。

大抵玩古董的人，有兩種特別注重之點，一是古舊，二是稀奇。這不是正當的態度，因為他所重的是古董本身以外的事情，正如注意於戀人的門第產業而忘卻人物的本體一樣。所以真是玩古董的人是愛那古董本身，那不值錢、沒有用、極平凡的東西。收藏家與考古學家以外還有一種賞鑒家的態度，超越功利問題，只憑了趣味的判斷，尋求享樂，這才是我所說的古董家，其所以與藝術家不同者，只在沒有那樣深厚的知識罷了。他愛藝術品，愛歷史遺物，民間工藝，以及玩具之類，或自然物如木葉貝殼亦無不愛。這些人稱作古董家，或者還不如稱之曰好事家（dilettante）更為適切：這個名稱雖然似乎不很尊重，但我覺得這種態度是很好的，在這博大的沙漠似的中國至少是必要的，因為仙人掌似的外粗糲而內腴潤的生活是我們唯一的路，即使近於現在為世詬病的隱逸。

玩具是做給小孩玩的，然而大人也未始不可以玩；玩具是為小孩而做的，但因此也可以看出大人們的思想。我們知道有許多愛玩具的大人。我常聽祖父說唐家的姑丈在書桌上擺著幾尊「爛泥菩薩」，還有一碟「夜糖」（一名圓眼糖，形似龍眼故名），叫兒子們念書十遍可吃一顆，但小孩迫不及待，往往偷偷地拿起舔一下，重複放在碟子裡。這唐家的老頭子相貌奇古，大家替他取一個可笑的諢名，但我聽了這段故事，覺得他雖然可笑也是頗可愛的。法蘭西（France）的極有趣味的文集裡，有一篇批評比國勒蒙尼爾所著《玩具的喜劇》的文章，他說：「我今天發現他時常拿了兒童的玩具娛樂自己，這個趣味引起我對於他的新的同情。我是他的贊成者，因為他的那玩具之詩的解釋，又因為他有那神祕的意味。」後來又說，一個小孩在桌上排列他的鉛兵，與學者在博物館整理雕像，沒有什麼大差異。「兩者的原理正是一樣的。抓住了他的玩具的頑童，便是一個審美家了。」

我們如能對於一件玩具，正如對著雕像或別的美術品一樣，發起一種近於那頑童所有的心情，我們內面的生活便可以豐富許多，孝子傳裡的老萊子彩衣弄雛，要是並不為著娛親，我相信是最可羨慕的生活了！

日本現代的玩具，據那集上所錄，也並不貧弱，但天沼匏村在《玩具之話》第二章中表示不滿說：「實在，日本人對於玩具頗是冷淡。極言之，便是被說對於兒童漠不關心，也沒有法子。第一是看不起玩具。即在批評事物的時候，常說，這是什麼，像玩具似的東西！又常常說，本來又不是小孩（為甚玩這樣的東西）。」我回過來看中國，卻又怎樣呢？雖然老萊子弄雛，《帝城景物略》說及陀螺空鐘，《賓退錄》引路德延的〈孩兒詩〉五十韻，有「折竹裝泥燕，添絲放紙鳶」等語，可以作玩具的史實的資料，但就實際說來，不能不說是更貧弱了。據個人的回憶，我在兒時不曾弄過什麼好的玩具，至少也沒有中意的東西，留下較深的印象。北京要算是比較的最能做玩具的地方，但真是固有而且略好的東西也極少見。我在廟會上見有泥及鉛製的食器什物頗是精美，其餘只是空鐘（與《景物略》中所說不同）等還可玩弄，想要湊足十件便很不容易了。中國缺少各種人形玩具，這是第一可惜的事。在國語裡幾乎沒有這個名詞，南方的「洋囡囡」同洋燈洋火一樣的不適用。須勒格耳博士說東亞的人形玩具，始於荷蘭的輸入，這在中國大約是確實的：即此一事，盡足證明中國對於玩具的冷淡了。玩具雖不限於人形，但總以人形為大宗，這個損失決不是很微小的，在教育家固然應大加慨嘆，便是我們好事家也覺得很是失望。

故鄉的野菜

我的故鄉不止一個，凡我住過的地方都是故鄉。故鄉對於我並沒有什麼特別的情分，只因釣於斯游於斯的關係，朝夕會面，遂成相識，正如鄉村裡的鄰舍一樣，雖然不是親屬，別後有時也要想念到他。我在浙東住過十幾年，南京東京都住過六年，這都是我的故鄉；現在住在北京，於是北京就成了我的家鄉了。

日前我的妻往西單市場買菜回來，說起有薺菜在那裡賣著，我便想起浙東的事來。薺菜是浙東人春天常吃的野菜，鄉間不必說，就是城裡只要有後園的人家都可以隨時採食，婦女小兒各拿一把剪刀一隻「苗籃」，蹲在地上搜尋，是一種有趣味的遊戲工作。那時小孩們唱道：「薺菜馬蘭頭，姊姊嫁在後門頭。」後來馬蘭頭有鄉人拿來進城售賣了，但薺菜還是一種野菜，須得自家去採。關於薺菜向來頗有風雅的傳說，不過這似乎以吳地為主。《西湖遊覽志》云：「三月三日男女皆戴薺菜花。諺云，三春戴薺花，桃李羞繁華。」顧祿的《清嘉錄》上亦說，「薺菜花俗呼野菜花，因諺有三月三螞蟻上灶山之語，三日人家皆以野菜花置灶陘上，以厭蟲蟻。侵晨村童叫賣不絕。或婦女簪髻上以祈清目，俗號眼亮花。」但浙東卻不很理會這些事情，只是挑來做菜或炒年糕吃罷了。

黃花麥果通稱鼠曲草，係菊科植物，葉小微圓互生，表面有白毛，花黃色，簇生梢頭。春天採嫩葉，搗爛去汁，和粉作糕，稱黃花麥果糕。小孩們有歌讚美之云，

「黃花麥果韌結結，
關得大門自要吃：
半塊拿弗出，一塊自要吃。」

清明前後掃墓時，有些人家——大約是保存古風的人家——用黃花麥果作供，但不作餅狀，做成小顆如指頂大，或細條如小指，以五六個作一攢，名曰繭果，不知是什麼意思，或因蠶上山時設祭，也用這種食品，故有是稱，亦未可知。自從十二三歲時外出不參與外祖家掃墓以後，不復見過繭果，近來住在北京，也不再見黃花麥果的影子了。日本稱作「御形」，與薺菜同為春天的七草之一，也採

來做點心用，狀如艾餃，名曰「草餅」，春分前後多食之，在北京也有，但是吃去總是日本風味，不復是兒時的黃花麥果糕了。

掃墓時候所常吃的還有一種野菜，俗名草紫，通稱紫雲英。農人在收穫後，播種田內，用作肥料，是一種很被賤視的植物，但採取嫩莖瀹食，味頗鮮美，似豌豆苗。花紫紅色，數十畝接連不斷，一片錦繡，如鋪著華美的地毯，非常好看，而且花朵狀若蝴蝶，又如雞雛，尤為小孩所喜。間有白色的花，相傳可以治痢，很是珍貴，但不易得。日本《俳句大辭典》云：「此草與蒲公英同是習見的東西，從幼年時代便已熟識，在女人裡邊，不曾採過紫雲英的人，恐未必有罷。」中國古來沒有花環，但紫雲英的花球卻是小孩常玩的東西，這一層我還替那些小人們慶倖的。浙東掃墓用鼓吹，所以少年們常隨了樂音去看「上墳船裡的姣姣」；沒有錢的人家雖沒有鼓吹，但是船頭上篷窗下總露出些紫雲英和杜鵑的花束，這也就是上墳船的確實的證據了。

十三年二月

北京的茶食

在東安市場的舊書攤上買到一本日本文章家五十嵐力的《我的書翰》，中間說起東京的茶食店的點心都不好吃了，只有幾家如上野山下的空也，還做得好點心，吃起來餡和糖及果實渾然融合，在舌頭上分不出各自的味來。想起德川時代江戶的二百五十年的繁華，當然有這一種享樂的流風餘韻流傳到今日，雖然比起京都來自然有點不及。北京建都已有五百餘年之久，論理於衣食住方面應有多少精微的造就，但實際似乎並不如此，即以茶食而論，就不曾知道有什麼特殊的有滋味的東西。固然我們對於北京情形不甚熟悉，只是隨便撞進一家餑餑鋪裡去買一點來吃，但是就撞過的經驗來說，總沒有很好吃的點心買到過。難道北京竟是沒有好的茶食，還是有而我們不知道呢？這也未必全是為貪口腹之欲，總覺得住在古老的京城裡吃不到包含歷史的精煉的或頹廢的點心是一個很大的缺陷。北京的朋友們，能夠告訴我兩三家做得上好點心的餑餑鋪麼？

我對於二十世紀的中國貨色，有點不大喜歡，粗惡的模仿品，美其名曰國貨，要賣得比外國貨更貴些。新房子裡賣的東西，便不免都有點懷疑，雖然這樣說好像遺老的口吻，但總之關於風流享樂的事我是頗迷信傳統的。我在西四牌樓以南走過，望著異馥齋的丈許高的獨木招牌，不禁神往，因為這不但表示它是義和團以前的老店，那模糊陰暗的字跡又引起我一種焚香靜坐的安閒而豐腴的生活的幻想。我不曾焚過什麼香，卻對於這件事很有趣味，然而終於不敢進香店去，因為怕他們在香盒上已放著花露水與日光皂了。我們於日用必需的東西以外，必須還有一點無用的遊戲與享樂，生活才覺得有意思。我們看夕陽，看秋河，看花，聽雨，聞香，喝不求解渴的酒，吃不求飽的點心，都是生活上必要的——雖然是無用的裝點，而且是愈精煉愈好。可憐現在的中國生活，卻是極端地乾燥粗鄙，別的不說，我在北京彷徨了十年，終未曾吃到好點心。

十三年二月

濟南道中

伏園兄，你應該還記得「夜航船」的趣味罷？這個趣味裡的確包含有些不很優雅的非趣味，但如一切過去的記憶一樣，我們所記住的大抵只是一些經過時間熔化變了形的東西，所以想起來還是很好的趣味。我平素由紹興往杭州總從城裡動身（這是二十年前的話了），有一回同幾個朋友從鄉間乘船，這九十里的一站路足足走了半天一夜；下午開船，傍晚才到西郭門外，於是停泊，大家上岸吃酒飯。這很有牧歌的趣味，值得田園畫家的描寫。第二天早晨到了西興，埠頭的飯店主人很殷勤地留客，點頭說「吃了飯去」，進去坐在裡面（斯文人當然不在櫃檯邊和「短衣幫」並排著坐）破板桌邊，便端出烤蝦小炒醃鴨蛋等「家常便飯」來，也有一種特別的風味。可惜我好久好久不曾吃了。

今天我坐在特別快車內從北京往濟南去，不禁忽然地想起舊事來。火車裡吃的是大菜，車站上的小販又都關出在本柵欄外，不容易買到土俗品來吃。先前卻不是如此，一九〇六年我們乘京漢車往北京應練兵處（那時的大臣是水竹村人）

的考試的時候，還在車窗口買到許多東西亂吃，如一個銅子一隻的大鴨梨，十五個銅子一隻的燒雞之類；後來在什麼站買到兔肉，同學有人說這實在是貓，大家便覺得噁心不能再吃，都摔到窗外去了。在日本旅行，於新式的整齊清潔之中（現在對於日本的事只好「輕描淡寫」地說一句半句，不然恐要蹈鄧先生的覆轍），卻仍保存著舊日的長閒的風趣。我在東海道中買過一箱「日本第一的吉備團子」，雖然不能證明是桃太郎的遺制，口味卻真不壞，可惜都被小孩們分吃，我只嘗到一兩顆，而且又小得可恨。還有平常的「便當」，在形式內容上也總是美術的，味道也好，雖在吃慣肥魚大肉的大人先生們自然有點不配胃口。「文明」一點的有「冰淇淋」裝在一隻麥粉做的杯子裡，末了也一同咽下去。——我坐在這鐵甲快車內，肚子有點餓了，頗想吃一點小食，如孟代故事中王子所吃的，然而現在實屬沒有法子，只好往餐堂車中去吃洋飯。

我並不是不要吃大菜的。但雖然要吃，若在強迫著非吃不可的時候，也會令人不高興起來。還有一層，在中國旅行的洋人的確太無禮儀，即使並無什麼暴行，也總是放肆討厭的。即如在我這一間房裡的一個怡和洋行的老闆，帶了一隻小狗，說是在天津花了四十塊錢買來的；他一上車就高臥不起，讓小狗在房內撒尿，忙得車侍三次拿布來擦地板，又不喂飽，任它東張西望，嗚嗚地哭叫。我不是虐待動物者，但見人家昵愛動物，摟抱貓狗坐車坐船，妨害別人，也是很嫌惡的；我覺得那樣的昵愛正與虐待同樣的是有點獸性的。洋人中當然也有真文明人，不過商人人抵不行，如中國的商人一樣。中國近來興起一種「打鬼」——便是打「玄學鬼」與「直腳鬼」的傾向，我大體上也覺得贊成，只是對於他們的態度有點不能附和。我們要把一切的鬼或神全數打出去，這是不可能的事，更無論他們只是拍權杈，念退鬼咒，當然毫無功效，只足以表明中國人術士氣之十足，或者更留下一點惡因。我們所能做，所要做的，是如何使玄學鬼或直腳鬼不能為害。我相信，一切的鬼都是為害的，倘若被放縱著，便是我們自己「曲腳鬼」也何嘗不如此……人家說，談天談到末了，一定要講到下作的話去，現在我卻反對地談起這樣正經大道理來，也似乎不大合適，可以不再寫下去了罷。

十三年五月三十一日，津浦車中。

濟南道中之二

過了德州，下了一陣雨，天氣頓覺涼快，天色也暗下來了。室內點上電燈，我向窗外一望，卻見別有一片亮光照在樹上地上，覺得奇異，同車的一位寧波人告訴我，這是後面護送的兵車的電光。我探頭出去，果然看見末後的一輛車頭上，兩邊各有一盞燈（這是我推想出來的，因為我看的只是一邊），射出光來，正如北京城裡汽車的兩隻大眼睛一樣。當初我以為既然是兵車的探照燈，一定是很大的，卻正出於意料，它的光只照著車旁兩三丈遠的地方，並不能直照見樹林中的賊蹤。據那位買辦所說，這是從去年故孫美瑤團長在臨城做了那「算不得什麼大事」之後新增的，似乎頗發生效力，這兩道神光真嚇退了沿路的蟊賊，因為以後確不曾出過事，而且我於昨夜也已安抵濟南了。但我總覺得好笑，這兩點光照在火車的尾巴頭，好像是夏夜的螢火，太富於詼諧之趣。我坐在車中，看著窗外的亮光從地面移在麥子上，從麥子移到樹葉上，心裡起了一種離奇的感覺，覺得似危險非危險，似平安非平安，似現實又似在做戲，仿佛眼看程咬金腰間插著兩把紙糊大板斧在臺上踱著時一樣。我們平常有一句話，時時說起卻很少實驗到的，現在拿來應用，正相適合——這便是所謂浪漫的境界。

十點鐘到濟南站後，坐洋車進城，路上看見許多店鋪都已關門——都上著「排門」，與浙東相似。我不能算是愛故鄉的人，但見了這樣的街市，卻也覺得很是喜歡。有一年夏天，我從家裡往杭州，因為河水乾涸，船隻能到牛屎浜，在早晨三四點鐘時分坐轎出發，通過蕭山縣城；那時所見街上的情形，很有點與這回相像。其實紹興和南京的夜景也未嘗不如此，不過徒步走過的印象與車上所見到底有些不同，所以叫不起聯想來罷了。城裡有好些地方也已改用玻璃門，同北京一樣，這是我今天下午出去看來的。我不能說排門是比玻璃門更好，在實際上玻璃門當然比排門要便利得多。但由我旁觀地看去，總覺得舊式的鋪門較有趣味。玻璃門也自然可以有它的美觀，可惜現在多未能顧到這一層，大都是粗劣潦草，如一切的新東西一樣。舊房屋的粗拙，全體還有些調和，新式的卻只見輕率凌亂這一點而已。

今天下午同四個朋友去遊大明湖，從鵲華橋下船。這是一種「出阪船」似的長方形的船，門窗做得很考究，船頭有扁一塊，文云「逸興豪情」——我說船頭，只因它形似船頭，但行駛起來，它卻變了船尾，一個舟子便站在那裡倒撐上去。他所用的傢伙只是一支天然木的篙，不知是什麼樹，剝去了皮，很是光滑，樹身卻是彎來扭去的並不筆直；他拿了這件東西，能夠使一隻大船進退迴旋無不如意，並且不曾遇見一點小衝撞，在我只知道使船用槳櫓的人看了不禁著實驚嘆。大明湖在《老殘遊記》裡很有一段描寫，我覺得寫不出更好的文章來，而且你以前赴教育改進社年會時也曾到過，所以我可以不絮說了。我也同老殘一樣，走到歷下亭鐵公祠各處，但可惜不曾在明湖居聽得白妞說梨花大鼓。我們又去看「大帥張少軒」捐貲倡修的曾子固的祠堂，以及張公祠，祠裡還掛有一幅他的「門下子婿」的長髯照相和好些「聖朝柱石」等等的孫公德政牌。隨後又到北極祠去一看，照例是那些塑像，正殿右側一個大鬼，一手倒提著一個小妖，一手掐著一個，神氣非常活現，右腳下踏著一個女子，它的腳跟正落在腰間，把她踹得目瞪口呆，似乎喘不過氣來，不知是到底犯了什麼罪。大明湖的印象彷彿像南京的玄武湖，不過這湖是在城裡，很是別致。清人鐵保有一聯云，「四面荷花三面柳，一城山色半城湖」，實在說得很好（據老殘說這是鐵公祠大門的楹聯，現今卻已掉下，在享堂內倚牆放著了），雖然我們這回看不到荷花，而且湖邊漸漸地填為平地，面積大不如前，水路也很狹窄，兩旁變了私產，一區一區地用葦塘圍繞，都是人家種蒲養魚的地方，所以《老殘遊記》裡所記千佛山倒影入湖的景象已經無從得見，至於「一聲漁唱」尤其是聽不到了。但是濟南城裡有一個湖，即使較前已經不如，總是很好的事；這實在可以代一個大公園，而且比公園更為有趣，於青年也很有益，我遇見許多船的學生在湖中往來，比較中央公園裡那些學生站在路邊等看頭髮像雞窠的女人要好得多多——我並不一定反對人家看女人，不過那樣看法未免令人見了生厭。這一天的湖逛得很快意，船中還有王君的一個三歲的小孩同去，更令我們喜悅。他從宋君手裡要葡萄乾吃，每拿幾顆須唱一齣歌加以跳舞，他便手舞足蹈唱「一二三四」給我們聽，交換五六顆葡萄乾，可是他後來也覺得麻煩，便提出要求，說「不唱也給我罷」。他是個很活潑可愛的小人兒，而且一口的濟南話，我在他口中初次聽到「俺」這一個字活用在言語裡，雖然這種調子我們從北大徐君的話裡早已聽慣了。

六月一日，在「家家泉水戶戶垂楊」的濟南城內。

濟南道中之三

六月二日午前，往工業學校看金線泉。這天正下著雨，我們乘暫時雨住的時候，踏著濕透的青草，走到石池旁邊，照著老殘的樣子側著頭細看水面，卻終於看不見那條金線，只有許多水泡，像是一串串的珍珠，或者還不如說水銀的蒸氣，從石隙中直冒上來，彷彿是地下有幾座丹灶在那裡煉藥。池底裡長著許多植物，有竹有柏，有些不知名的花木，還有一株月季花，帶著一個開過的花蒂：這些植物生在水底，枝葉青綠，如在陸上一樣，到底不知道是怎麼一回事。金線泉的鄰近，有陳遵留客的投轄井，不過現在只是一個六尺左右的方池，轄雖還可以投，但是投下去也就可以取出來了。次到趵突泉，見大池中央有三股泉水向上噴湧，據《老殘遊記》裡說翻出水面有二三尺高，我們看見卻不過尺許罷了。池水在雨後頗是渾濁，也不曾流得「汩汩有聲」，加上周圍的石橋石路以及茶館之類，覺得很有點像故鄉的脂溝匯——傳說是越王宮女傾脂粉水，匯流此地，現在卻俗稱「豬狗匯」，是鄉村航船的聚會地了。隨後我們往商埠遊公園，剛才進門雨又大下，在茶亭中坐了許久，等雨霽後再出來遊玩，園中別無遊客，容我們三人獨佔全園，也是極有趣味的事。公園本不很大，所以便即遊了，裡邊又別無名勝古跡，一切都是人工的新設，但有一所大廳，門口懸著匾額，大書曰「暢趣遊情，馬良撰並書」，我卻瞻仰了好久。我以前以為馬良將軍只是善於打什麼拳的人，現在才知道也很有風雅的趣味，不得不陳謝我當初的疏忽了。

此外我不曾往別處遊覽，但濟南這地方卻已盡夠中我的意了。我覺得北京也很好，只是太多風和灰土，濟南則沒有這些；濟南很有江南的風味，但我所討厭的那些東南的脾氣似乎沒有（或未免有點速斷），所以是頗愉快的地方。然而因為端午將到，我不能不趕快回北京來，於是在五日午前二時終於乘了快車離開濟南了。

我在濟南四天，講演了八次。範圍題目都由我自己選定，本來已是自由極了，但是想來想去總覺得沒有什麼可講，勉強擬了幾個題目，都沒有十分把握，至於所講的話覺得不能句句確實，句句表現出真誠的氣氛來，那是更不必說了。就是平常談話，也常覺得自己有些話是虛空的，不與心情切實相應，說出時便即知道，感到一種噁心的寂寞，好像是嘴裡嘗到了肥皂。石川啄木的短歌之一云，

「不知怎的，
總覺得自己是虛偽之塊似的，
將眼睛閉上了。」

這種感覺，實在經驗了好多次。在這八個題目之中，只有末了的「神話的趣味」還比較地好一點；這並非因為關於神話更有把握，只因世間對於這個問題很多誤會，據公刊的文章上看來，幾乎尚未有人加以相當的理解，所以我對於自己的意見還未開始懷疑，覺得不妨略說幾句。我想神話的命運很有點與夢相似。野蠻人以夢為真，半開化人以夢為兆，「文明人」以夢為幻，然而在現代學者的手裡，卻成為全人格之非意識的顯現；神話也經過宗教的、「哲學的」以及「科學的」解釋之後，由人類學者解救出來，還他原人文學的本來地位。中國現在有相信鬼神託夢魂魄入夢的人，有求夢占夢的人，有說夢是妖妄的人，但沒有人去從夢裡尋出他情緒的或感覺的分子，若是「滿願的夢」則更求其隱密的動機，為學術的探討者；說及神話，非信受則排斥，其態度正是一樣。我看許多反對神話的人雖然標榜科學，其實他的意思以為神話確有信受的可能，倘若不是竭力抗拒；這正如性意識很強的道學家之提倡戒色，實在是兩極相遇了。真正科學家自己既不會輕信，也就不必專用攻擊，只是平心靜氣地研究就得，所以懷疑與寬忍是必要的精神，不然便是狂信者的態度，非那者還是一種教徒，非孔者還是一種儒生，類例很多。即如近來反對泰戈爾運動也是如此，他們自以為是科學思想與西方化，卻缺少懷疑與寬忍的精神，其實仍是東方式的攻擊異端：倘若東方文化裡有最大的毒害，這種專制的狂信必是其一了。不意話又說遠了，與濟南已經毫無關係，就此擱筆，至於神話問題，說來也嫌嘮叨，改日面談罷。

六月十日，在北京寫

破腳骨

「破腳骨」——讀若Phacahkueh，是我們鄉間的方言，就是說「無賴子」，照王桐齡教授《東遊雜感》的筆法，可以這樣說：破腳骨官話曰無賴曰光棍，古語曰潑皮曰破落戶，上海曰流氓，南京曰流戶曰青皮，日本曰歌羅支其，英國曰羅格……這個名詞的本意不甚明瞭，望文生義地看去大約因為時常要被打破腳骨，所以這樣稱的罷。他們的職業是訛詐，俗稱敲竹槓。小破腳骨沿路尋事，看見可欺的人便撞過去，被撞的如說一句話，他即吆喝說，Taowan bar gwaantatze？意思是說撞了倒反不行嗎，於是扭結不放，同黨的人出來邀入茶館評理，結果是被撞的人算錯，替大家會鈔了事。這是最普通的一種方法，此外還有許多，我也不很明白了。至於大破腳骨專做大票生意，如包娼戳賭或捉姦勒索等，不再做這些小勾當，他們的行徑有點與「破靴黨」相近，所差者只在他們不是秀才罷了。

這些人當然不是好人，便有喜歡做翻案文章的人也不容易把他們說好，但是，他們也有可取的地方。他們也有自己的道德，尚義與勇，即使並非同幫，只要在酒樓茶館會過一兩面，他們便算有交情，不再來暗算，而且有時還肯保護。我在往江南當水兵以前，同兄弟在鄉間遊手好閒的時候，大有流為破腳骨之意，鄰近的幾個小破腳骨都有點認識，遠房親戚的破靴黨不算在內。我們因此不曾被人撞過，有一兩次還叨他們的光。有一回我已經不在家，我的兄弟（其時他只十四五歲）同母親往南街看戲；那時還沒有什麼戲館，只在廟臺上演戲敬神，近地的人在兩旁搭蓋看臺，租給人家使用，我們也便租了兩個座位，後來臺主不知為何忽下逐客令，大約要租給闊人了，坐客一時大窘，恰巧我們所認識的一個小破腳骨正在那裡看戲，於是便去把他找來，他對臺主說道：「你這臺不租了嗎？那麼由我出租了。」臺主除收回成命之外，還對他賠了許多小心，這才完事。在他這強橫的詭辯裡邊，實在還含有不少的詼諧與愛嬌。二十世紀以來不曾再見到他，聽說他後來眼瞎了，過了幾年隨即去世——請你永遠平安地休息罷！

一個人要變成破腳骨，須有相當的訓練，與古代的武士修行一樣，不是很容易的事。破腳骨的生活裡最重要的事件是挨打，所以非有十足的忍苦忍辱的勇氣，不能成為一個像樣的破腳骨，小破腳骨與人家相打，且罵且脫衣，隨將右手各拔敵人的辮髮而以左手各自握其髮根，於是互相推擁，以被擠至路邊將背貼牆者為負。大破腳骨則不然，他拔出尖刀，但並不刺人，只拿在手中，自指其股曰：「戳！」敵人或如命而戳一下，則再命令曰，「再戳！」如戳至再三而毫不呼痛，刺者卻不敢照樣奉陪，那便算大敗，不復見齒於同類。能禁得毆打，術語曰「受路足」，是破腳骨修養的最要之一。此外官司的經驗也很重要，他們往往大言於茶館中云，「屁股也打過，大枷也戴過」，亦屬破腳骨履歷中很出色的項目。有些大家子弟流為破腳骨者，因門第的影響，無被官刑之慮，這兩項的修煉或可無需，唯挨打仍屬必要。我有一個同族的長輩，通文，能寫二尺方的大字，做了破腳骨，一年的春分日在宗祠中聽見他自伐其戰功，說 Tarngfan yir banchir，banchir yir tarngfan，意云打倒又爬起，爬起又打倒，這兩句話實在足以代表「破腳骨道」之精義了。在現時人心不古的時代，破腳骨也墮落了，變成商埠碼頭的那些拆梢的流氓，回想昔日鄉間的破腳骨，已經如書中的列仙高士，流風斷絕，邈乎其不可復追矣。

我在默想堂伯父的戰功，不禁想起《吉訶德先生》（Don Quixote——林琴南先生譯作當塊克蘇替，陸祖鼎先生譯作唐克孝，丁初我先生在二十年前譯作唐誇特），以及西班牙的「流氓小說」（Novelas de Picaros）來。中國也有這班人物，為什麼除了《水滸傳》的潑皮牛二以外，沒有人把他們細細地寫下來；不然倒真可以造成一類「流氓生活的文學」（Picaresque Literature）哩。——這兩個英文，陸先生在《學燈》上卻把它譯作「盜賊文學」，啊啊，輕鬆的枷杖的罪名竟這樣地被改定了一個大辟（在現行治盜條例的時期），卻是冤哉枉也。然而這也怪不得陸先生，因為《英漢字典》中確將「流氓」（Picaroon）這字釋作劫掠者、盜賊等等也。

十三年六月

蒼蠅

蒼蠅不是一件很可愛的東西，但我們在做小孩子的時候都有點喜歡它。我同兄弟常在夏天乘大人們午睡，在院子裡棄著香瓜皮瓤的地方捉蒼蠅——蒼蠅共有三種，飯蒼蠅太小，麻蒼蠅有蛆太髒，只有金蒼蠅可用。金蒼蠅即青蠅，小兒謎中所謂「頭戴紅纓帽，身穿紫羅袍」者是也。我們把它捉來，摘一片月季花的葉，用月季的刺釘在背上，便見綠葉在桌上蠕蠕而動，東安市場有賣紙製各色小蟲者，標題云「蒼蠅玩物」，即是同一的用意。我們又把它的背豎穿在細竹絲上，取燈心草一小段放在腳的中間，它便上下顛倒地舞弄，名曰「戲棍」；又或用白紙條纏在腸上縱使飛去，但見空中一片片的白紙亂飛，很是好看。倘若捉到一個年富力強的蒼蠅，用快剪將頭切下，它的身子便仍舊飛去。希臘路吉亞諾思（Loukianos）的《蒼蠅頌》中說，「蒼蠅在被切去了頭之後，也能生活好些時光。」大約二千年前的小孩已經是這樣地玩耍了。

我們現在受了科學的洗禮，知道蒼蠅能夠傳染病菌，因此對於它們很有一種

惡感。三年前臥病在醫院時曾作有一首詩，後半云，

「大小一切的蒼蠅們，
美和生命的破壞者，
中國人的好朋友的蒼蠅們呵，
我詛咒你的全滅，
用了人力以外的，
最黑最黑的魔術的力。」

但是實際上最可惡的還是它的別一種壞癖好，便是喜歡在人家的顏面手腳上亂爬亂舔，古人雖美其名曰「吸美」，在被吸者卻是極不愉快的事。希臘有一篇傳說，說明這個緣起，頗有趣味。

據說蒼蠅本來是一個處女，名叫默亞（Muia），很是美麗，不過太喜歡說話。她也愛那月神的情人恩迭米盎（Endymion），當他睡著的時候，她總還是和他講話或唱歌，使他不能安息，因此月神發怒，把她變成蒼蠅。以後她還是紀念著恩

迭米盎，不肯叫人家安睡，尤其是喜歡攪擾年輕的人。

蒼蠅的固執與大膽，引起好些人的讚嘆。訶美洛思（Homeros）在史詩中嘗比勇士於蒼蠅，他說，雖然你趕它去，它總不肯離開你，一定要叮你一口方才甘休。又有詩人云，那小蒼蠅極勇敢地跳在人的肢體上，渴欲飲血，戰士卻躲避敵人的刀鋒，真可羞了。我們僥倖不大遇見渴血的勇士，但勇敢地攻上來舐我們的頭的卻常常遇到，法勃耳（Fabre）的《昆蟲記》裡說有一種蠅，乘土蜂負蟲入穴之時，下卵於蟲內，後來蠅卵先出，把死蟲和蜂卵一併吃下去。他說這種蠅的行為好像是一個紅巾黑衣的暴客在林中襲擊旅人，但是他的慓悍敏捷的確也可佩服，倘使希臘人知道，或者可以拿去形容阿迭修思（Odysseus）一流的狡獪英雄罷。

中國古來對於蒼蠅似乎沒有什麼反感。《詩經》裡說：「營營青蠅，止於樊。豈弟君子，無信讒言。」又云，「非雞則鳴，蒼蠅之聲。」據陸農師說，青蠅善亂色，蒼蠅善亂聲，所以是這樣說法。傳說裡的蒼蠅，即使不是特殊良善，總之絕不比別的昆蟲更為卑惡。在日本的俳諧中則蠅成為普通的詩料，雖然略帶湫穢的氣色，但很能表現出溫暖熱鬧的境界。小林一茶更為奇特，他同聖芳濟一樣，以一切生物為弟兄朋友，蒼蠅當然也是其一。檢閱他的俳句選集，詠蠅的詩有

二十首之多，今舉兩首以見一斑。一云，

「笠上的蒼蠅，比我更早地飛進去了。」這詩有題曰「歸庵」。

又一首云，

「不要打哪，蒼蠅搓他的手，搓他的腳呢。」

我讀這一句，常常想起自己的詩覺得慚愧，不過我的心情總不能達到那一步，所以也是無法。《埤雅》云，「蠅好交其前足，有絞繩之象……亦好交其後足。」這個描寫正可作前句的注解。又紹興小兒謎語歌云，「像烏豇豆格烏，像烏豇豆格粗，堂前當中央，坐得拉鬍鬚。」也是指這個現象（格猶云「的」，坐得即「坐著」之意）。

據路吉亞諾思說，古代有一個女詩人，慧而美，名叫默亞，又有一個名妓也以此為名，所以滑稽詩人有句云，「默亞咬他直達他的心房。」

中國人雖然永久與蒼蠅同桌吃飯，卻沒有人拿蒼蠅作為名字，以我所知只有一兩人被用為諢名而已。

苦雨

伏園兄：

北京近日多雨，你在長安道上不知也遇到否，想必能增你旅行的許多佳趣。雨中旅行不一定是很愉快的，我以前在杭滬車上時常遇雨，每感困難，所以我於火車的雨不能感到什麼興味，但臥在烏篷船裡，靜聽打篷的雨聲，加上欸乃的櫓聲以及「靠塘來，靠下去」的呼聲，卻是一種夢似的詩境。倘若更大膽一點，仰臥在腳劃小船內，冒雨夜行，更顯出水鄉住民的風趣，雖然較為危險，一不小心，拙劣地轉一個身，便要使船底朝天。二十多年前往東浦弔先父的保姆之喪，歸途遇暴風雨，一葉扁舟在白鵝似的波浪中間滾過大樹港，危險極也愉快極了。我大約還有好些「為魚」時候——至少也是斷髮文身時候的脾氣，對於水頗感到親近，不過北京的泥塘似的許多「海」實在不很滿意，這樣的水沒有也並不怎麼可惜。你往「陝半天」去似乎要走好兩天的准沙漠路，在那時候倘若遇見風雨，大約是很舒服的，遙想你胡坐騾車中，在大漠之上，大雨之下，喝著四打之內的汽水，悠然進行，可以算是「不亦快哉」之一。但這只是我的空想，如詩人的理想一樣地靠不住，或者你在騾車中遇雨，很感困難，正在叫苦連天也未可知，這須等你回京後問你再說了。

我住在北京，遇見這幾天的雨，卻叫我十分難過。北京向來少雨，所以不但雨具不很完全，便是家屋構造，於防雨亦欠周密。除了真正的富翁以外，很少用實垛磚牆，大抵只用泥牆抹灰敷衍了事。近來天氣轉變，南方酷寒而北方淫雨，因此兩方面的建築上都露出缺陷。

一星期前的雨把後園的西牆淋坍，第二天就有「梁上君子」來摸索北房的鐵絲窗，從次日起趕緊邀了七八位匠人，費兩天工夫，從頭改築，已經成功十分八九，總算可以高枕而臥，前夜的雨卻又將門口的南牆沖倒二三丈之譜。這回受驚的可不是我了，乃是川島君「渠們」倆，因為「梁上君子」如再見光顧，一定是去躲在「渠們」的窗下竊聽了。為消除「渠們」的不安起來，一等天氣晴正，急需大舉地修築，希望日子不至於很久，這幾天只好暫時拜託川島君的老弟費神代為警護罷了。

前天十足下了一夜的雨，使我夜裡不知醒了幾遍。北京除了偶然有人高興放幾個爆仗以外，夜裡總還安靜，那樣嘩啦嘩啦的雨聲在我的耳朵已經不很聽慣，所以時常被它驚醒，就是睡著也仿佛覺得耳邊粘著麵條似的東西，睡得很不痛快。還有一層，前天晚間據小孩們報告，前面院子裡的積水已經離臺階不及一寸，夜裡聽著雨聲，心裡糊里糊塗地總是想水已上了臺階，浸入西邊的書房裡了。好容易到了早上五點鐘，赤腳撐傘，跑到西屋一看，果然不出所料，水浸滿了全屋，約有一寸深淺，這才嘆了一口氣，覺得放心了；倘若這樣興高采烈地跑去，一看卻沒有水，恐怕那時反覺得失望，沒有現在那樣的滿足也說不定。幸而書籍都沒有濕，雖然是沒有什麼價值的東西，但是濕成一餅一餅的紙糕，也很是不愉快。現今水雖已退，還留下一種漲過大水後的普通的臭味，固然不能留客坐談，就是自己也不能在那裡寫字，所以這封信是在裡邊炕桌上寫的。

這回的大雨，只有兩種人最是喜歡。第一是小孩們。他們喜歡水，卻極不容易得到，現在看見院子裡成了河，便成群結隊地去「蹚河」。赤了足伸到水裡去，實在很有點冷，但他們不怕，下到水裡還不肯上來。大人見小孩們玩得有趣，也一個兩個地加入，但是成績卻不甚佳，那一天裡滑倒了三個人，其中兩個都是大人——其一為我的兄弟，其一是川島君。第二種喜歡下雨的則為蛤蟆。從前同小孩們往高亮橋去釣魚釣不著，只捉了好些蛤蟆，有綠的，有花條的，拿回來都放在院子裡，平常偶叫幾聲，在這幾天裡便整日叫喚，或者是荒年之兆，卻極有田村的風味。有許多耳朵皮嫩的人，很惡喧囂，如麻雀蛤蟆或蟬的叫聲，凡足以妨礙他們的甜睡者，無一不痛惡而深絕之，大有欲滅此而午睡之意，我覺得大可以不必如此，隨便聽聽都是很有趣味的，不但是這些久成詩料的東西，一切鳴聲其實都可以聽。蛤蟆在水田裡群叫，深夜靜聽，往往變成一種金屬音，很是特別，又有時彷彿是狗叫，古人常稱蛙蛤為吠，大約也是從實驗而來。我們院子裡的蝦蟆現在只見花條的一種，它的叫聲更不漂亮，只是格格格這個叫法，可以說是革音，平常自一聲至三聲，不會更多，唯在下雨的早晨，聽它一口氣叫上十二三聲，可見它是實在喜歡極了。

這一場大雨恐怕在鄉下的窮朋友是很大的一個不幸，但是我不曾親見，單靠想像是不中用的，所以我不去虛偽地代為悲嘆了。

倘若有人說這所記的只是個人的事情，於人生無益，我也承認，我本來只想說個人的私事，此外別無意思。今天太陽已經出來，傍晚可以出外去遊嬉，這封信也就不再寫下去了。

我本等著看你的秦遊記，現在卻由我先寫給你看，這也可以算是「意表之外」的事罷。

十三年七月十七日在京城書。

生活之藝術

契訶夫（Tshekhob）書簡集中有一節道（那時他在愛琿附近旅行），「我請一個中國人到酒店裡喝燒酒，他在未飲之前舉杯向著我和酒店主人及夥計們，說道：『請。』這是中國的禮節。他並不像我們那樣的一飲而盡，卻是一口一口地啜，每啜一口，吃一點東西；隨後給我幾個中國銅錢，表示感謝之意。這是一種怪有禮的民族……」

一口一口地啜，這的確是中國僅存的飲酒的藝術：乾杯者不能知酒味，泥醉者不能知微醺之味。中國人對於飲食還知道一點享用之術，但是一般的生活之藝術卻早已失傳了。中國生活的方式現在只是兩個極端，非禁欲即是縱欲，非連酒字都不准說即是浸身在酒槽裡，二者互相反動，各益增長，而其結果則是同樣的汙糟。動物的生活本有自然的調節，中國在千年以前文化發達，一時頗有臻於靈肉一致之象，後來為禁欲思想所戰勝，變成現在這樣的生活，無自由、無節制，一切在禮教的面具底下實行迫壓與放恣，實在所謂禮者早已消滅無存了。

生活不是很容易的事。動物那樣的，自然地簡易地生活，是其一法；把生活當作一種藝術，微妙地美地生活，又是一法：二者之外別無道路，有之則是禽獸之下的亂調的生活了。生活之藝術只在禁欲與縱欲的調和。藹理斯對於這個問題很有精到的意見，他排斥宗教的禁欲主義，但以為禁欲亦是人性的一面，歡樂與節制二者並存，且不相反而實相成。人有禁欲的傾向，即所以防歡樂的過量，並即以增歡樂的程度。他在〈聖芳濟與其他〉一篇論文中曾說道，「有人以此二者（即禁欲與耽溺）之一為其生活之唯一目之者，其人將在尚未生活之前早已死了。有人先將其一（耽溺）推至極端，再轉而之他，其人才真能了解人生是什麼，日後將被紀念為模範的高僧。但是始終尊重這二重理想者，那才是知生活法的明智的大師……一切生活是一個建設與破壞，一個取進與付出，一個永遠的構成作用與分解作用的迴圈。要正當地生活，我們必須得模仿大自然的豪華與嚴肅。」他又說過，「生活之藝術，其方法只在於微妙地混合取與捨二者而已。」更是簡明地說出這個意思來了。

生活之藝術這個名詞，用中國固有的字來說便是所謂禮。斯諦耳博士在《儀禮》序上說：「禮節並不單是一套儀式，空虛無用，如後世所沿襲者。這是用以養成自制與整飭的動作之習慣，惟有能領解萬物感受一切之心的人才有這樣安詳的容止。」聽說辜鴻銘先生批評英文《禮記》譯名的不妥當，以為「禮」不是Rite而是Art，當時覺得有點乖僻，其實卻是對的，不過這是指本來的禮，後來的禮儀禮教都是墮落了的東西，不足當這個稱呼了。中國的禮早已喪失，只有如上文所說，還略存於茶酒之間而已。去年有西人反對上海禁娼，以為妓院是中國文化所在的地方，這句話的確難免有點荒謬，但仔細想來也不無若干理由。我們不必拉扯唐代的官妓，希臘的「女友」（Hetaira）的韻事來作辯護，只想起某外人的警句，「中國狎妓如西洋的求婚，中國娶妻如西洋的宿娼」，或者不能不感到《愛之術》（Ars Amatoria）真是只存在草野之間了。我們並不同某西人那樣要保存妓院，只覺得在有些怪論裡邊，也常有真實存在罷了。

中國現在所切要的是一種新的自由與新的節制，去建造中國的新文明，也就是復興千年前的舊文明，也就是與西方文化的基礎之希臘文明相合一了。這些話或者說得太大太高了，但據我想捨此中國別無得救之道，宋以來的道學家的禁欲主義總是無用的了，因為這只足以助成縱欲而不能收調節之功。其實這生活的藝術在有禮節重中庸的中國本來不是什麼新奇的事物，如《中庸》的起頭說，「天命之謂性，率性之謂道，修道之謂教，」照我的解說即是很明白的這種主張。不過後代的人都只拿去講章旨節旨，沒有人實行罷了。我不是說半部《中庸》可以濟世，但以表示中國可以了解這個思想。日本雖然也很受宋學的影響，生活上卻可以說是承受平安朝的系統，還有許多唐代的流風餘韻，因此了解生活之藝術也更是容易。在許多風俗上日本的確保存著藝術的色彩，為我們中國人所不及，但由道學家看來，或者這正是他們的缺點也未可知罷。

十三年十一月

喝茶

前回徐志摩先生在平民中學講「吃茶」——並不是胡適之先生所說的「吃講茶」——我沒有工夫去聽，又可惜沒有見到他精心結構的講稿，但我推想他是在講日本的「茶道」（英文譯作Teaism），而且一定說得很好，茶道的意思，用平凡的話來說，可以稱作「忙裡偷閒，苦中作樂」，在不完全的現世享樂一點美與和諧，在剎那間體會永久，是日本之「象徵的文化」裡的一種代表藝術。關於這一件事，徐先生一定已有透徹巧妙的解說，不必再來多嘴，我現在所想說的，只是我個人很平常的喝茶罷了。

喝茶以綠茶為正宗。紅茶已經沒有什麼意味，何況又加糖——與牛奶，葛辛（George Gissing）的《草堂隨筆》（Private papers of Henry Ryecroft）確是很有趣味的書，但冬之卷裡說及飲茶，以為英國家庭裡下午的紅茶與黃油麵包是一日中最大的樂事，支那飲茶已歷千百年，未必能領略此種樂趣與實益的萬分之一，則我殊不以為然。紅茶帶「土斯」未始不可吃，但這只是當飯，在肚饑時食之而已；我的所謂喝茶，卻是在喝清茶，在賞鑒其色與香與味，意未必在止渴，自然更不在果腹了。中國古昔曾吃過煎茶及抹茶，現在所用的都是泡茶，岡倉覺三在《茶之書》（Book of Tea 1919）裡很巧妙地稱之曰「自然主義的茶」，所以我們所重的即在這自然之妙味。中國人上茶館去，左一碗右一碗地喝了半天，好像是剛從沙漠裡回來的樣子，頗合於我的喝茶的意思（聽說閩粵有所謂吃功夫茶者自然也有道理），只可惜近來太是洋場化，失了本意，其結果成為飯館子之流，只在鄉村間還保存一點古風，唯是屋宇器具簡陋萬分，或者但可稱為頗有喝茶之意，而未可許為已得喝茶之道也。

喝茶當於瓦屋紙窗之下，清泉綠茶，用素雅的陶瓷茶具，同二三人共飲，得半日之閒，可抵十年的塵夢。喝茶之後，再去繼續修各人的勝業，無論為名為利，都無不可，但偶然的片刻優游乃正亦斷不可少。中國喝茶時多吃瓜子，我覺得不很適宜；喝茶時可吃的東西應當是輕淡的「茶食」。中國的茶食卻變了「滿漢餑餑」，其性質與「阿阿兜」相差無幾，不是喝茶時所吃的東西了。日本的點心雖是豆米的成品，但那優雅的形色、樸素的味道，很合於茶食的資格，如各色的「羊羹」（據上田恭輔氏考據，說是出於中國唐時的羊肝餅），尤有特殊的風味。江南茶館中有一種「干絲」，用豆腐干切成細絲，加薑絲醬油，重湯燉熱，上澆麻油，出以供客，其利益為「堂倌」所獨有。豆腐干中本有一種「茶干」，今變而為絲，亦頗與茶相宜。在南京時常食此品，據云有某寺方丈所製為最，雖也曾嘗試，卻已忘記，所記得者乃只是下關的江天閣而已。學生們的習慣，平常「干絲」既出，大抵不即食，等到麻油再加，開水重換之後，始行舉箸，最為合適，因為一到即罄，次碗繼至，不遑應酬，否則麻油三澆，旋即撤去，怒形於色，未免使客不歡而散，茶意都消了。

吾鄉昌安門外有一處地方，名三腳橋（實在並無三腳，乃是三出，因以一橋而跨三汊的河上也），其地有豆腐店曰周德和者，製茶干最有名。尋常的豆腐干方約寸半，厚三分，值錢二文，周德和的價值相同，小而且薄，幾及一半，黝黑堅實，如紫檀片。我家距三腳橋有步行兩小時的路程，故殊不易得，但能吃到油炸者而已。每天有人挑擔設爐鑊，沿街叫賣，其詞曰：

「辣醬辣，

麻油炸，

紅醬搽，辣醬拓：

周德和格五香油炸豆腐干。」

其製法如上所述，以竹絲插其末端，每枚值三文。豆腐干大小如周德和，而甚柔軟，大約係常品，唯經過這樣烹調，雖然不是茶食之一，卻也不失為一種好豆食——豆腐的確也是極佳妙的食品，可以有種種的變化，唯在西洋不會被領解，正如茶一般。

日本用茶淘飯，名曰「茶漬」，以醃菜及「澤庵」（即福建的黃土蘿蔔，日本澤庵法師始傳此法，蓋從中國傳去）等為佐，很有清淡而甘香的風味。中國人未嘗不這樣吃，唯其原因，非由窮困即為節省，殆少有故意往清茶淡飯中尋其固有之味者，此所以為可惜也。

十三年十二月

上下身

戈丹的三個賢人，
坐在碗裡去漂洋去。
他們的碗倘若牢些，
我的故事也要長些。
——英國兒歌

人的肉體明明是一整個（雖然拿一把刀也可以把他切開來），背後從頭頸到尾閭一條脊椎，前面從胸口到「丹田」一張肚皮，中間並無可以卸拆之處，而吾鄉（別處的市民聽了不必多心）的賢人必強分割之為上下身——大約是以肚臍為界。上下本是方向，沒有什麼不對，但他們在這裡又應用了大義名分的大道理，於是上下變而為尊卑，邪正，淨不淨之分了：上身是體面紳士，下身是「該辦的」下流社會。這種說法既合於聖道，那麼當然是不會錯的了，只是實行起來卻有點為難，不必說要想攔腰的「關老爺一大刀」分個上下，就未免斷送老命，固然斷乎不可，即使在該辦的範圍內稍加割削，最端正的道學家也決不答應的。平常沐浴時候（幸而在賢人們這不很多），要備兩條手巾兩隻盆兩桶水，分洗兩個階級，稍一疏忽不是連上便是犯下，紊了尊卑之序，深於德化有妨，又或坐在高凳上打盹，跌了一個倒栽蔥，更是本末倒置，大非佳兆了。由我們愚人看來，這實在是無事白擾，一個身子站起睡倒或是翻個筋斗，總是一個身子，並不如豬肉可以有裡脊五花肉等之分，定出貴賤不同的價值來。吾鄉賢人之所為，雖曰合於聖道，其亦古代蠻風之遺留歟。

有些人把生活也分作片段，僅想選取其中的幾節，將不中意的梢頭棄去。這種辦法可以稱之曰抽刀斷水，揮劍斬雲。生活中大抵包含飲食、戀愛、生育、工作、老死這幾樣事情，但是聯結在一起，不是可以隨便選取一二的。有人希望長生而不死，有人主張生存而禁欲，有人專為飲食而工作，有人又為工作而飲食，這都有點像想齊肚臍鋸斷，釘上一塊底板，單把上半身保留起來。比較明白而過於正經的朋友則全盤承受而分別其等級，如走路是上等而睡覺是下等，吃飯是上等而飲酒喝茶是下等是也。我並不以為人可以終日睡覺或用茶酒代飯吃，然而我覺得睡覺或飲酒喝茶不是可以輕蔑的事，因為也是生活之一部分。百餘年前日本有一個藝術家是精通茶道的，有一回去旅行，每到驛站必取出茶具，悠然地點起茶來自喝。有人規勸他說，行旅中何必如此，他答得好，「行旅中難道不是生活麼。」這樣想的人才真能尊重並享樂他的生活。沛德（W.Pater）曾說，我們生活的目的不是經驗之果而是經驗本身。正經的人們只把一件事當作正經生活，其餘的如不是不得已的壞脾氣也總是可有可無的附屬物罷了：程度雖不同，這與吾鄉賢人之單尊重上身（其實是，不必細說，正是相反）乃正屬同一種類也。

戈丹（Gotham）地方的故事恐怕說來很長，這只是其中的一兩節而已。

十四年二月

若子的病

《北京孔德學校旬刊》第二期於四月十一日出版，載有兩篇兒童作品，其中之一是我的小女兒寫的。

晚上的月亮　周若子

晚上的月亮，很大又很明。我的兩個弟弟說：「我們把月亮請下來，叫月亮抱我們到天上去玩。月亮給我們東西，我們很高興。我們拿到家裡給母親吃，母親也一定高興。」

但是這張旬刊從郵局寄到的時候，若子已正在垂死狀態了。她的母親望著攤在席上的報紙又看昏沉的病人，再也沒有什麼話可說，只叫我好好地收藏起來——做一個將來決不再寓目的紀念品。我讀了這篇小文，不禁忽然想起六歲時死亡的四弟椿壽，他於得急性肺炎的前兩三天，也是固執地向著傭婦追問天上的情形，我自己知道這都是迷信，卻不能禁止我脊梁上不發生冰冷的奇感。

十一日的夜中，她就發起熱來，繼之以大吐，恰巧小兒用的攝氏體溫表給小波波（我的兄弟的小孩）摔破了，土步君正出著第二次種的牛痘，把華氏的一具拿去應用，我們房裡沒有體溫表了，所以不能測量熱度，到了黎明從間壁房中拿表來一量，乃是四十度三分！八時左右起了痙攣，妻抱住了她，只喊說：「阿玉驚了，阿玉驚了！」弟婦（即是妻的三妹）走到外邊叫內弟起來，說：「阿玉死了！」他驚起不覺墜落床下。這時候醫生已到來了，診察的結果說疑是「流行性腦脊髓膜炎」，雖然徵候還未全具，總之是腦的故障，危險很大。十二時又復痙攣，這回腦的方面倒還在其次了，心臟中了黴菌的毒非常衰弱，以致血行不良，皮膚現出黑色，在臂上摁一下，凹下白色的痕好久還不回復。這一日裡，院長山本博士，助手蒲君，看護婦永井君白君，前後都到，山本先生自來四次，永井君留住我家，幫助看病。第一天在混亂中過去了，次日病人雖不見變壞，可是一晝夜以來每兩小時一回的樟腦注射毫不見效，心臟還是衰弱，雖然熱度已減至三十八至三十九度之間。這天下午因為病人想吃可哥糖，我趕往哈達門去買，路上時時為不祥的幻想所侵襲，直到回家看見毫無動靜這才略略放心。第三天是火曜日，勉強往學校去，下午三點半正要上課，聽說家裡有電話來叫，趕緊又告假回來，幸而這回只是夢囈，並未發生什麼變化。夜中十二時山本先生診後，始宣言性命可以無慮。十二日以來，經過兩次的食鹽注射、三十次以上的樟腦注射，身上擁著大小七個的冰囊，在七十二小時之末總算已離開了死之國土，這真是萬幸的事了。

山本先生後來告訴川島君說，那個曜日他以為一定不行了。大約是第二天，永井君也走到弟婦的房裡躲著下淚，她也覺得這小朋友怕要為了什麼而辭去這個家庭了。但是這病人竟從萬死中逃得一生，不知是哪裡來的力量。醫呢，藥呢，她自己或別的不可知之力呢？但我知道，如沒有醫藥及大家的救護，她總是早已不存了。我若是一種宗派的信徒，我的感謝便有所歸，而且當初的驚恐或者也可減少，但是我不能如此，我對於未知之力有時或感著驚異，卻還沒有致感謝的那麼深密的接觸。我現在所想致感謝者在人而不在自然。我很感謝山本先生與永井君的熱心幫助，雖然我也還不曾忘記四年前給我醫治肋膜炎的勞苦。川島斐君二君每日殷勤的訪問，也是應該致謝的。

整整地睡了一星期，腦部已經漸好，可以移動，遂於十九日午前搬往醫院，她的母親和「姊姊」陪伴著，因為心臟尚需療治，住在院裡較為便利，省得醫生早晚兩次趕來診察。現在溫度復原，脈搏亦漸恢復，她臥在我曾經住過兩個月的病室的床上，只靠著一個冰枕，胸前放著一個小冰囊，伸出兩隻手來，在那裡唱歌。妻同我商量，若子的兄姊十歲的時候，都花過十來塊錢，分給用人並吃點東西當作紀念，去年因為籌不出這筆款，所以沒有這樣辦，這回病好之後，須得設法來補做並以祝賀病癒。她聽懂了這會話的意思，便反對說：「這樣辦不好。倘若今年做了十歲，那麼明年豈不還是十一歲麼？」我們聽了不禁破顏一笑。唉，這個小小的情景，我們在一星期前哪裡敢夢想到呢？

緊張透了的心一時殊不容易鬆放開來。今日已是若子病後的第十一日，下午因為稍覺頭痛告假在家，在院子裡散步，這才見到白的紫的丁香都已盛開，山桃爛漫得開始憔悴了，東邊路旁愛羅先珂君回俄國前手植作為紀念的一株杏花已經零落淨盡，只剩有好些綠蒂隱藏嫩葉的底下。春天過去了，在我們彷徨的幾天裡，北京這好像敷衍人似的短促的春光早已偷偷地走過去了。這或者未免可惜，我們今年竟沒有好好地看一番桃杏花。但是花明年會開的，春天明年也會再來的，不妨等明年再看；我們今年幸而能夠留住了別個一去將不復來的春光，我們也就夠滿足了。

今天我白己居然能夠寫出這篇東西來，可見我的凌亂的頭腦也略略靜定了，這也是一件高興的事。

十四年四月二十二日雨夜。

鳥聲

古人有言，「以鳥鳴春。」現在已過了春分，正是鳥聲的時節了，但我覺得不大能夠聽到，雖然京城的西北隅已經近於鄉村。這所謂鳥當然是指那飛鳴自在的東西，不必說雞鳴咿咿鴨鳴呷呷的家奴，便是熟番似的鴿子之類也算不得數，因為他們都是忘記了四時八節的了。我所聽見的鳥鳴只有簷頭麻雀的啾啁，以及槐樹上每天早來的啄木的乾笑——這似乎都不能報春，麻雀的太瑣碎了，而啄木又不免多一點乾枯的氣味。

英國詩人那許（Nash）有一首詩，被錄在所謂「名詩選」（Golden Treasury）的卷首。他說，春天來了，百花開放，姑娘們跳舞著，天氣溫和，好鳥都歌唱起來，他列舉四樣鳥聲：

Cuckoo，jug-jug，pu-we，to-witta-woo！

這九行的詩實在有趣，我卻總不敢譯，因為怕一則譯不好，二則要譯錯。現在只抄出一行來，看那四樣是什麼鳥。第一種是鵓鴣，書名鳲鳩，它是自呼其名的，可以無疑了。第二種是夜鶯，就是那林間的「發痴的鳥」，古希臘女詩人稱之曰「春之使者，美音的夜鶯」，它的名貴可想而知，只是我不知道它到底是什麼東西。我們鄉間的黃鶯也會「翻叫」，被捕後常因想念妻子而急死，與它西方的表兄弟相同，但它要吃小鳥，而且又不發痴地唱上一夜以至於嘔血。第四種雖似異怪乃是貓頭鷹。第三種則不大明瞭，有人說是蚊母鳥，或云是田鳧，但據斯密士的《鳥的生活與故事》第一章所說係小貓頭鷹。倘若是真的，那麼四種好鳥之中貓頭鷹一家已占其二了。斯密士說這二者都是褐色貓頭鷹，與別的怪聲怪相的不同，他的書中雖有圖像，我也認不得這是鴟是鴞還是流離之子，不過總是貓頭鷹之類罷了。兒時曾聽見它們的呼聲，有的聲如貨郎的搖鼓，有的恍若連呼「掘窪」（dzhuehuoang），俗云不祥主有死喪，所以聞者多極懊惱，大約此風古已有之，查檢觀頮道人的《小演雅》，所錄古今禽言中不見有貓頭鷹的話。然而仔細回想，覺得那些叫聲實在不錯，比任何風聲簫聲鳥聲更為有趣，如詩人謝勒（Shelley）所說。

現在，就北京來說，這幾樣鳴聲都沒有，所有的還只是麻雀和啄木鳥。老鴰，鄉間稱云烏老鴉，在北京是每天可以聽到的，但是一點風雅氣也沒有，而且是通年噪聒，不知道它是哪一季的鳥。麻雀和啄木鳥雖然唱不出好的歌來，在那瑣碎和乾枯之中到底還含一些春氣；唉唉，聽那不討人歡喜的烏老鴉叫也已夠了，且讓我們歡迎這些鳴春的小鳥，傾聽它們的談笑罷。

「啾哳，啾哳！」

「嘎嘎！」

十四年四月

談酒

這個年頭兒，喝酒倒是很有意思的。我雖是京兆人，卻生長在東南的海邊，是出產酒的有名地方。我的舅父和姑父家裡時常做幾缸自用的酒，但我終不知道酒是怎麼做法，只覺得所用的大約是糯米，因為兒歌裡說，「老酒糯米做，吃得變 nio-nio」——末一字是本地叫豬的俗語。

做酒的方法與器具似乎都很簡單，只有煮的時候的手法極不容易，非有經驗的工人不成，平常做酒的人家大抵聘請一個人來，俗稱「酒頭工」，以自己不能喝酒者為最上，叫他專管鑒定煮酒的時節。

有一個遠房親戚，我們叫他「七斤公公」——他是我舅父的族叔，但是在他家裡做短工，所以舅母只叫他作「七斤老」，有時也聽見她叫「老七斤」，是這樣的酒頭工，每年去幫人家做酒；他喜吸旱煙，說玩話，打麻將，但是不大喝酒（海邊的人喝一兩碗是不算能喝，照市價計算也不值十文錢的酒），所以生意很好，時常跑一二百里路被招到諸暨嵊縣去。據他說這實在並不難，只需走到缸邊屈著身聽，聽見裡邊起泡的聲音切切察察的，好像是螃蟹吐沫（兒童稱為蟹煮飯）的樣子，便拿來煮就得了；早一點酒還未成，遲一點就變酸了。但是怎麼是恰好的時期，別人仍不能知道，只有聽熟的耳朵才能夠斷定，正如古董家的眼睛辨別古物一樣。

大人家飲酒多用酒盅，以表示其斯文，實在是不對的。正當的喝法是用一種酒碗，淺而大，底有高足，可以說是古已有之的香檳杯。平常起碼總是兩碗，合一「串筒」，價值似是六文一碗。串筒略如倒寫的凸字，上下部如一與三之比，以洋鐵為之，無蓋無嘴，可倒而不可篩，據好酒家說酒以倒為正宗，篩出來的不大好吃。唯酒保好於量酒之前先「蕩」（置水於器內，搖盪而洗滌之謂）串筒，蕩後往往將清水之一部分留在筒內，客嫌酒淡，常起爭執，故喝酒老手必先戒堂倌以勿蕩串筒，並監視其量好放在溫酒架上。能飲者多索竹葉青，通稱曰「本色」，「元紅」係狀元紅之略，則著色者，唯外行人喜飲之。在外省有所謂花雕者，唯本地酒店中卻沒有這樣東西。相傳昔時人家生女，則釀酒貯花雕（一種有花紋的酒罈）中，至女兒出嫁時用以餉客，但此風今已不存，嫁女時偶用花雕，也只臨時買元紅充數，飲者不以為珍品。有些喝酒的人預備家釀，卻有極好的，每年做醇酒若干壇，按次第埋園中，二十年後掘取，即每歲皆得飲二十年陳的老酒了。此種陳酒例不發售，故無處可買，我只有一回在舊日業師家裡喝過這樣的好酒，至今還不曾忘記。

我既是酒鄉的一個土著，又這樣的喜歡談酒，好像一定是個與「三酉」結不解緣的酒徒了。其實卻大不然。我的父親是很能喝酒的，我不知道他可以喝多少，只記得他每晚用花生米、水果等下酒，且喝且談天，至少要花費兩點鐘，恐怕所喝的酒一定很不少了。但我卻是不肖，不，或者可以說有志未逮，因為我很喜歡喝酒而不會喝，所以每逢酒宴我總是第一個醉與臉紅的。自從辛酉患病後，醫生叫我喝酒以代藥餌，定量是白蘭地每回二十格闌姆，葡萄酒與老酒等倍之，六年以後酒量一點沒有進步，到現在只要喝下一百格闌姆的花雕，便立刻變成關夫子了（以前大家笑談稱作「赤化」，此刻自然應當謹慎，雖然是說笑話）。有些有不醉之量的，愈飲愈是臉白的朋友，我覺得非常可以歆羨，只可惜他們愈能喝酒便愈不肯喝酒，好像是美人之不肯顯示她的顏色，這實在是太不應該了。

黃酒比較的便宜一點，所以覺得時常可以買喝，其實別的酒也未嘗不好。白乾於我未免過凶一點，我喝了常怕口腔內要起泡，山西的汾酒與北京的蓮花白雖然可喝少許，也總覺得不很和善。日本的清酒我頗喜歡，只是仿佛新酒模樣，味道不很靜定。葡萄酒與橙皮酒都很可口，但我以為最好的還是白蘭地。我覺得西洋人不很能夠了解茶的趣味，至於酒則很有工夫，決不下於中國。天天喝洋酒當然是一個大的漏卮，正如吸煙卷一般，但不必一定進國貨黨，咬定牙根要抽淨絲，隨便喝一點什麼酒其實都是無所不可的，至少是我個人這樣想的。

喝酒的趣味在什麼地方？這個我恐怕有點說不明白。有人說，酒的樂趣是在醉後的陶然的境界。但我不很了解這個境界是怎樣的，因為我自飲酒以來似乎不大陶然過，不知怎的我的醉大抵都只是生理的，而不是精神的陶醉。所以照我說來，酒的趣味只是在飲的時候，我想悅樂大抵在做的這一剎那，倘若說是陶然，那也當是杯在口的一刻罷。醉了，困倦了，或者應當休息一會兒，也是很安舒的，卻未必能說酒的真趣是在此間。昏迷，夢魘，囈語，或是忘卻現世憂患之一法門；其實這也是有限的，倒還不如把宇宙性命都投在一口美酒裡的耽溺之力還要強大。我喝著酒，一面也懷著「杞天之慮」，生恐強硬的禮教反動之後將引起頹廢的風氣，結果是借醇酒婦人以避禮教的迫害，沙寧（Sanin）時代的出現不是不可能的。但是，或者在中國什麼運動都未必徹底成功，青年的反撥力也未必怎麼強盛，那麼杞天終於只是杞天，仍舊能夠讓我們喝一口非耽溺的酒也未可知。倘若如此，那時喝酒又一定另外覺得很有意思了罷？

民國十五年六月二十日，於北京

兩個鬼

在我們的心頭住著Du Daimone，可以說是兩個——鬼。我躊躇著說鬼，因為他們並不是人死所化的鬼，也不是宗教上的魔，善神與惡神，善天使與惡天使。他們或者應該說是一種神，但這似乎太尊嚴一點了，所以還是委屈他們一點，稱之曰鬼。

這兩個是什麼呢？其一是紳士鬼，其二是流氓鬼。據王學的朋友說人是有什麼良知的，教士說有靈魂，維持公理的學者們也說憑著良心，但我覺得似乎都沒有這些，有的只是那兩個鬼，在那裡指揮我的一切的言行。這是一種雙頭政治，而兩個執政還是意見不甚協和的，我卻像一個鐘擺在這中間搖著。有時候流氓占了優勢，我便跟了他去彷徨，什麼大街小巷的一切隱祕無不知悉，酗酒，鬥毆，辱罵，都不是做不來的，我簡直可以成為一個精神上的「破腳骨」。但是在我將真正撒野，如流氓之「開天堂」等的時候，紳士大抵就出來高叫：「帶住，著即帶住！」說也奇怪，流氓平時不怕紳士，到得他將要撒野，一聽紳士的吆喝，不知怎的立刻一溜煙地走了。可是他並不走遠，只在弄頭弄尾探望，他看紳士領了我走，學習對淑女們的談吐與儀容，漸漸地由說漂亮話而進於擺臭架子，於是他又趕出來大罵道：「Nohk oh dausangtzr keh niargsaeh fiaulctong tserntseuzeh doodzang kaeh moavaeh toang yuachu！」（案此流氓文大半有音無字。故今用拼音，文句也不能直譯，大意是說：「你這混帳東西，不要臭美，肉麻當作有趣。」）這一下，棋又全盤翻過來了。而流氓專政即此漸漸地開始。

諾威的巨人易卜生有一句格言曰，「全或無。」諸事都應該徹底才好，那麼我似乎最好是去投靠一面，「以身報國」似的做去，必有發達之一日，一句話說，就是如不能做「受路足」的無賴，便當學為水平線上的鄉紳。不過我大約不能夠這樣做。我對於兩者都有點捨不得，我愛紳士的態度與流氓的精神。紳士不肯「叫一個鏟子是鏟子」，我想也是對的，倘若叫鏟子便有了市儈的俗惡味，但是也不肯叫作別的東西那就很錯了。我不很願意在作文章時用電碼八三一一，然而並不是不說，只是覺得可以用更好的字，有時或更有意思。我為這兩個鬼所迷，著實吃苦不少，但在紳士的從肚臍畫一大圈及流氓的「村婦罵街」式的言語中間，也得到了不少的教訓，這總算還是可喜的。我希望這兩個鬼能夠立憲，不，希望他們能夠結婚，倘若一個是女流氓，那麼中間可以生下理想的王子來，給我們做任何種的元首。

十五年七月

烏篷船

子榮君：

接到手書，知道你要到我的故鄉去，叫我給你一點什麼指導。老實說，我的故鄉，真正覺得可懷戀的地方，並不是那裡，但是因為在那裡生長，住過十多年，究竟知道一點情形，所以寫這一封信告訴你。

我所要告訴你的，並不是那裡的風土人情，那是寫不盡的，但是你到那裡一看也就會明白的，不必囉嗦地多講。我要說的是一種很有趣的東西，這便是船。你在家鄉平常總坐人力車，電車，或是汽車，但在我的故鄉那裡這些都沒有，除了在城內或山上是用轎子以外，普通代步都是用船。船有兩種，普通坐的都是「烏篷船」，白篷的大抵作航船用，坐夜航船到西陵去也有特別的風趣，但是你總不便坐，所以我就可以不說了。烏篷船大的為「四明瓦」（Symenngoa），小的為腳划船（划讀如 uoa）亦稱小船。但是最適用的還是在這中間的「三道」，亦即三明瓦。篷是半圓形的，用竹片編成，中夾竹箬，上塗黑油；在兩扇「定篷」之間放著一扇遮陽，也是半圓的，木作格子，嵌著一片片的小魚鱗，徑約一寸，頗有點透明，略似玻璃而堅韌耐用，這就稱為明瓦。三明瓦者，謂其中艙有兩道，後艙有一道明瓦也。船尾用櫓，大抵兩支，船首有竹篙，用以定船。船頭著眉目，狀如老虎，但似在微笑，頗滑稽而不可怕，惟白篷船則無之。三道船篷之高大約可以使你直立，艙寬可以放下一頂方桌，四個人坐著打麻將——這個恐怕你也已學會了罷？小船則真是一葉扁舟，你坐在船底席上，篷頂離你的頭有兩三寸，你的兩手可以擱在左右的舷上，還把手都露出在外邊。在這種船裡仿佛是在水面上坐，靠近田岸去時泥土便和你的眼鼻接近，而且遇著風浪，或是坐得稍不小心，就會船底朝無，發生危險，但是也頗有趣味，是水鄉的一種特色。不過你總可以不必去坐，最好還是坐那三道船罷。

你如坐船出去，可是不能像坐電車那樣性急，立刻盼望走到。倘若出城，走三四十里路（我們那裡的里程是很短，一里才及英哩三分之一），來回總要預備一天。你坐在船上，應該是遊山的態度，看看四周物色，隨處可見的山，岸旁的烏桕，河邊的紅蓼和白，漁舍，各式各樣的橋，困倦的時候睡在艙中拿出隨筆來看，或者沖一碗清茶喝喝。偏門外的鑑湖一帶，賀家池，壺觴左近，我都是喜歡的，或者往婁公埠騎驢去遊蘭亭（但我勸你還是步行，騎驢或者於你不很相宜），到得暮色蒼然的時候進城上都掛著薜荔的東門來，倒是頗有趣味的事。倘若路上不平靜，你往杭州去時可於下午開船，黃昏時候的景色正最好看，只可惜這一帶地方的名字我都忘記了。夜間睡在艙中，聽水聲櫓聲，來往船隻的招呼聲，以及鄉間的犬吠雞鳴，也都很有意思。雇一隻船到鄉下去看廟戲，可以了解中國舊戲的真趣味，而且在船上行動自如，要看就看，要睡就睡，要喝酒就喝酒，我覺得也可以算是理想的行樂法。只可惜講維新以來這些演劇與迎會都已禁止，中產階級的低能人別在「布業會館」等處建起「海式」的戲場來，請大家買票看上海的貓兒戲。這些地方你千萬不要去。——你到我那故鄉，恐怕沒有一個人認得，我又因為在教書不能陪你去玩，坐夜船，談閒天，實在抱歉而且惆悵。川島君夫婦現在偁山下，本來可以給你紹介，但是你到那裡的時候他們恐怕已經離開故鄉了。初寒，善自珍重，不盡。

十五年十一月十八日夜，於北京

金魚

——草木蟲魚之一

我覺得天下文章共有兩種，一種是有題目的，一種是沒有題目的。普通做文章大都先有意思，卻沒有一定的題目，等到意思寫出了之後，再把全篇總結一下，將題目補上。這種文章裡邊似乎容易出些佳作，因為能夠比較自由地發表，雖然後寫題目是一件難事，有時竟比寫本文還要難些。但也有時候，思想散亂不能集中，不知道寫什麼好，那麼先定下一個題目，再做文章，也未必沒有好處，不過這有點近於賦得，很有做出試帖詩來得危險罷了。偶然讀英國密倫（A. A.Milne）的小品文集，有一處曾這樣說，有時排字房來催稿，實在想不出什麼東西來寫，只好聽天由命，翻開字典，隨手抓到的就是題目。有一回抓到金魚，結果果然有一篇〈金魚〉收在集裡。我想這倒是很有意思的事，也就來一下子，寫一篇〈金魚〉試試看，反正我也沒有什麼非說不可的大道理，要儘先發表，那麼來作賦的詠物詩也是無妨，雖然並沒有排字房催稿的事情。

說到金魚，我其實是很不喜歡金魚的，在豢養的小動物裡邊，我所不喜歡的，依著不喜歡的程度，其名次是吧兒狗，金魚，鸚鵡。鸚鵡身上穿著大紅大綠，滿口怪聲，很有野蠻氣，吧兒狗的身體固然太小，還比不上一隻貓（小學教科書上卻還在說，貓比狗小，狗比貓大）！而鼻子尤其聳得難過。我平常不大喜歡聳鼻子的人，雖然那是人為的，暫時的，把鼻子聳動，並沒有永久地將它縮作一堆。人的臉上固然不可沒有表情，但我想只要淡淡地表示就好，譬如微微一笑，或者在眼光中露出一種感情——自然，戀愛與死等可以算是例外，無妨有較強烈的表示，但也似乎不必那樣掀起鼻子，露出牙齒，仿佛是要咬人的樣子。這種嘴臉只好放到影戲裡去，反正與我沒有關係，因為二十年來我不曾看電影。然而金魚恰好兼有吧兒狗與鸚鵡二者的特點，它只是不用長繩子牽了在貴夫人的裙邊跑，所以減等發落，不然這第一名恐怕準定是它了。

我每見金魚一團肥紅的身體，突出兩隻眼睛，轉動不靈地在水中游泳，總會聯想到中國的新嫁娘，身穿紅布襖褲，紮著褲腿，拐著一對小腳伶俜地走路。我知道自己有　種毛病，最怕看真的，或是類似的小腳。十年前曾寫過一篇小文曰〈天足〉，起頭第一句云：「我最喜歡看見女人的天足。」曾蒙友人某君所賞識，因為他也是反對「務必腳小」的人。我倒並不是怕做野蠻，現在的世界正如美國洛威教授的一本書名，誰都有「我們是文明麼」的疑問，何況我們這道統國，剐呀割呀都是常事，無論個人怎麼努力，這個野蠻的頭銜休想去掉，實在凡是稍有自知之明，不是誇大狂的人，恐怕也就不大有想去掉的這種野心與妄想。小腳女人所引起的另一種感想乃是殘疾，這是極不愉快的事，正如駝背或脖子上掛著一個大瘤，假如這是天然的，我們不能說是嫌惡，但總之至少不喜歡看總是確實的了。有誰會賞鑒駝背或大瘤呢？金色突出眼睛，便是這一類的現象。另外有叫作緋鯉的，大約是它的表兄弟罷，一樣地穿著大紅棉襖，只是不開衩，眼睛也是平平地裝在腦袋瓜兒裡邊，並不比平常的魚更為鼓出，因此可見金魚的眼睛是一種殘疾，無論碰在水草上時容易戳瞎烏珠，就是平常也一定近視得了不得，要吃饅頭末屑也不大方便罷。照中國人喜歡小腳的常例推去，金魚之愛可以說宜乎眾矣，但在不佞實在是兩者都不敢愛，我所愛的還只是平常的魚而已。

想像有一個大池——池非大不可，須有活水，池底有種種水草才行，如從前碧雲寺的那個石池，雖然老實說起來，人造的死海似的水窪都沒有多大意思，就是三海也是俗氣寒傖氣，無論這是哪一個大皇帝所造，因為皇帝壓根兒就非俗惡粗暴不可，假如他有點兒懂得風趣，那就得亡國完事，至於那些俗惡的朋友也會亡國，那是另一回事。如今話又說回來，一個大池，裡邊如養著魚，那最好是天空或水的顏色，如鯽魚，其次是鯉魚。我這樣的分等級，好像是以肉的味道為標準，其實不然。我想水裡游泳著的魚應當是暗黑色的才好，身體又不可太大，人家從水上看下去，窺探好久，才看見隱隱的一條在那裡，有時或者簡直就在你的鼻子前面，等一會兒卻又不見了，這比一件紅通通的東西漸漸地近攏來，好像望那西湖裡的廣告船（據說是點著紅燈籠，打著鼓），隨後又漸漸地遠開去，更為有趣得多。鯽魚便具備這種資格，鯉魚未免個兒太大一點，但它是要跳龍門去的，這又難怪它。此外有些白鰷，細長銀白的身體，游來游去，仿佛是東南海邊的泥鰍龍船，有時候不知為什麼事受了驚，撥刺翻身即逝，銀光照眼，也能增加水界的活氣。在這樣地方，無論是金魚，就是平眼的緋鯉，也是不適宜的。紅襖褲的新嫁娘，如其腳是小的，那只好就請它在炕上爬或坐著，即使不然，也還是坐在房中，在油漆氣芸香或花露水氣中，比較地可以得到一種調和，所以金魚的去處還是富貴人家的繡房，浸在五彩的瓷缸中，或是玻璃的圓球裡，去和吧兒狗與鸚鵡做伴侶罷了。

幾個月沒有寫文章，天下的形勢似乎已經大變了，有志要做新文學的人，非多講某一套話不容易出色。我本來不是文人，這些時世的變遷，好歹於我無干，但以旁觀者的地位看去，我倒是覺得可以贊成的。為什麼呢？文學上永久有兩種潮流，言志與載道。二者之中，則載道易而言志難。我寫這篇賦得金魚，原是有題目的文章，與帖括有點相近，蓋已少言志而多載道歟。我雖未敢自附於新文學之末，但自己覺得頗有時新的意味，故附記於此，以志作風之轉變云耳。

十九年三月十日

虱子

——草木蟲魚之二

偶讀羅素所著《結婚與道德》，第五章講中古時代思想的地方，有這一節話：

「那時教會攻擊洗浴的習慣，以為凡使肉體清潔可愛好者皆有發生罪惡之傾向。骯髒不潔是被讚美，於是聖賢的氣味變成更為強烈了。聖保拉說，身體與衣服的潔淨，就是靈魂的不淨。蝨子被稱為神的明珠，爬滿這些東西是一個聖人的必不可少的記號。」我記起我們東方文明的選手辜鴻銘先生來了，他曾經禮讚過不潔，說過相仿的話，雖然我不能知道他有沒有把蝨子包括在內，或者特別提出來過。但是，即是辜先生不曾有什麼頌詞，蝨子在中國文化歷史上的位置也並不低，不過這似乎只是名流的裝飾，關於古聖先賢還沒有文獻上的證明罷了。晉朝王猛的名譽，一半固然在於他的經濟事業，他的捉蝨子這一件事恐怕至少也要居其一半。到了二十世紀之初，梁任公先生在橫濱辦《新民叢報》，那時有一位重要的撰述員，名叫捫虱談虎客，可見這個還很時髦，無論他身上是否真有那晉朝的小動物。

洛威（R.H.Lowie）博士是三藩市大學的人類學教授，近著一本很有意思的通俗書《我們是文明麼》，其中有好些可以供我們參考的地方。第十章講衣服與時裝，他說起十八世紀時婦人梳了很高的髻，有些矮的女子，她的下巴頦兒正在頭頂到腳尖的中間。在下文又說道：「宮裡的女官坐車時只可跪在臺板上，把頭伸在窗外，她們跳著舞，總怕頭碰了掛燈。重重撲粉厚厚襯墊的三角塔終於滿生了蝨子，很是不舒服，但西歐的時風並不就廢止這種時裝。結果發明了一種象牙鉤釵，拿來搔癢，算是很漂亮的。」第二十一章講衛生與醫藥，又說到「十八世紀的太太們頭上成群地養蝨子」。又舉例說明道：

「一三九三年，一法國著者教給他美麗的讀者六個方法，治她們的丈夫的跳蚤。一五三九年出版的一本書列有奇效方，可以除滅跳蚤、蝨子、虱卵，以及臭蟲。」照這樣看來，不但證明「西洋也有臭蟲」，更可見貴夫人的青絲上也滿生過蝨子。在中國，這自然更要普遍了，褚人獲編《堅瓠集》丙集卷三有一篇〈鬚虱頌〉，其文曰：

「王介甫王禹玉同侍朝，見虱自介甫襦領直緣其鬚，上顧而笑，介甫不知也。

朝退，介甫問上笑之故，禹玉指以告，介甫命從者去之。禹玉曰，未可輕去，願頌一言。介甫曰，何如？禹玉曰，屢遊相鬚，曾經御覽，未可殺也，或曰放焉。眾大笑。」我們的荊公是不修邊幅的，有一個半個小蝨在髯鬚上爬，原算不得是什麼奇事，但這卻令我想起別一件軼事來，據說徽宗在五國城，寫信給舊臣道：「朕身上生蝨，形如琵琶。」照常人的推想，皇帝不認識蝨子，似乎在情理之中，而且這樣傳說，幽默與悲感混在一起，也頗有意思，但是參照上文，似乎有點不大妥帖了。宋神宗見了蝨子是認得的，到了徽宗反而退步，如果屬實，可謂不克繩其祖武了。《堅瓠集》中又有一條「恒言」，內分兩節如下：

張磊塘善清言，一日赴徐文貞公席，食鯧魚鰉魚。庖人誤不置醋。張云，倉皇失措。文貞腰捫一虱，以齒斃之，血濺齒上。張云，大率類此。文貞亦解頤。

清客以齒斃虱有聲，妓哂之。頃妓亦得虱，以添香置爐中而爆。客顧曰，熟了。妓曰，愈於生吃。

這一條筆記是很重要的虱之文獻，因為他在說明貴人清客妓女都有捫虱的韻致外，還告訴我們斃虱的方法。《我們是文明麼》第二十一章中說：

「正如老鼠離開將沉的船，蝨子也會離開將死的人，依照冰地的學說。所以一個沒有蝨子的愛斯基摩人是很不安的。這是多麼愉快而且適意的事，兩個好友互捉頭上的虱以為消遣，而且隨復莊重地將它們送到所有者的嘴裡去。在野蠻世界，這種交互的服務實在是很有趣的遊戲。黑龍江邊的民族不知道有別的更好的方法，可以表示夫婦的愛情與朋友的交誼。在亞爾泰山及南西伯利亞的突厥人也同樣地愛好這個玩意兒。他們的皮衣裡滿生著蝨子，那妙手的土人便永遠在那裡搜查這些生物，捉到了的時候，咂一咂嘴兒把它們都吃下去。拉得洛夫博士親自計算過，他的嚮導在一分鐘內捉到八九十隻。在原始民間故事裡多講到這個普遍而且有益的習俗，原是無怪的。」由此可見普通一般斃虱法都是同徐文貞公一樣，就是所謂「生吃」的，只可惜「有禮節的歐洲人是否咽他們的寄生物查不出證據」，但是我想這總也可以假定是如此罷，因為世上恐怕不會有比這個更好的方法，不過史有闕文，洛威博士不敢輕易斷定罷了。

但世間萬事都有例外，這裡自然也不能免。佛教反對殺生，殺人是四重罪之一，犯者波羅夷不共住，就是殺畜生也犯波逸提罪，他們還注意到水中土中幾乎看不出的小蟲，那麼對於蝨子自然也不肯忽略過去。《四分律》卷五十〈房舍犍度法〉中云：

「於多人住處拾蝨棄地，佛言不應爾。彼上座老病比丘數數起棄蝨，疲極，佛言應以器，若毳，若劫貝，若敝物，若綿，拾著中。若蝨走出，應作筒盛。彼用寶作筒，佛言不應用寶作筒，聽用角牙，若骨，若鐵，若銅，若鉛錫，若竿蔗草，若竹，若葦，若木，作筩，蝨若出，應作蓋塞。彼寶作塞，佛言不應用寶作塞，應用牙骨乃至木作，無安處，應以縷繫著床腳裡。」小林一茶（一七六三至一八二七）是日本近代的詩人，又是佛教徒，對於動物同聖芳濟一樣，幾乎有兄弟之愛，他的詠蝨的詩句據我所見就有好幾句，其中有這樣一首，曾譯錄在《雨天的書》中，其詞曰：

捉到一個蝨子，將它掐死固然可憐，要把它捨在門外，讓它絕食，也覺得不忍，忽然想到我佛從前給予鬼子母的東西，成此。

「蝨子啊，放在和我味道一樣的石榴上爬著。」

（注，日本傳說，佛降伏鬼子母，給予石榴實食之，以代人肉，因石榴實味酸甜似人肉云。據《香子母經》說，她後來變為生育之神，這石榴大約只是多子的象徵罷了。）

這樣的待遇在一茶可謂仁至義盡，但蝨子恐怕有點覺得不合適，因為像和尚那麼吃淨素他是不見得很喜歡的。但是，在許多蝨的本事之中，這些算是最有風趣了。佛教雖然也重聖貧，一面也還講究——這稱作清潔未必妥當，或者總叫作「威儀」罷，因此有些法則很是細密有趣，關於蝨的處分即其一例，至於一茶則更是浪漫化了一點罷。中國捫蝨的名士無論如何不能到這個境界，也絕做不出像一茶那樣的許多詩句來，例如——

喂，蝨子呵，爬罷爬罷，向著春天的去向。

實在譯不好，就此打住罷。——今天是清明節，野哭之聲猶在於耳，回家寫這小文，聊以消遣，覺得這倒是頗有意義的事。

民國十九年四月五日，於北平

〔附記〕

友人指示，周密《齊東野語》中有材料可取，於卷十七查得〈嚼虱〉一則，今補錄於下：

「余負日茅簷，分漁樵半席，時見山翁野媼捫身得虱，則致之口中，若將甘心焉，意甚惡之。然揆之於古，亦有說焉。應侯謂秦王曰，得宛臨，流陽夏，斷河內，臨東陽，邯鄲猶口中虱。王莽校尉韓威曰，以新室之威而吞胡虜，無異口中蚤虱。陳思王著論亦曰，得虱者莫不齧之齒牙，為害身也。三人皆當時貴人，其言乃爾，則野老嚼虱亦自有典故，可發一笑。」

我當推究嚼虱的原因，覺得並不由於「若將甘心」的意思，其實只因蝨子肥白可口，臭蟲固然氣味不佳，蚤又太小一點了，而且放在嘴裡跳來跳去，似乎不大容易咬著。今見韓校尉的話，仿佛基督同時的中國人曾兩者兼嚼，到得後來才人心不古，取大而捨小，不過我想這個證據未必怎麼可靠，恐怕這單是文字上的支配，那麼跳蚤原來也是一時的陪綁罷了。

水裡的東西

——草木蟲魚之五

我是在水鄉生長的，所以對於水未免有點情分。學者們說，人類曾經做過水族，小兒喜歡弄水，便是這個緣故。我的原因大約沒有這樣遠，恐怕這只是一種習慣罷了。

水，有什麼可愛呢？這件事是說來話長，而且我也有點兒說不上來。我現在所想說的單是水裡的東西。水裡有魚蝦、螺蚌、茭白、菱角，是值得記憶的，只是沒有這些工夫來一一記錄下來，經過好幾天的考慮，決心將動植物暫且除外。——那麼，是不是想來談水底裡的礦物類麼？不，決不。我所想說的，連我自己也不明白它是哪一類，也不知道它究竟是死的還是活的，它是這麼一種奇怪的東西。

我們鄉間稱它作 Chosychü，寫出字來就是「河水鬼」。它是溺死的人的鬼魂。既然是五傷之一——五傷大約是水、火、刀、繩、毒罷，但我記得又有虎傷似乎在內，有點弄不清楚了，總之水死是其一，這是無可疑的，所以它照例應「討替代」。聽說吊死鬼時常騙人從圓窗伸出頭去，看外面的美景（還是美人），倘若這人該死，頭一伸時可就上了當，再也縮不回來了。河水鬼的法門也就差不多是這一類，它每幻化為種種物件，浮在岸邊，人如伸手想去撈取，便會被拉下去，雖然看來似乎是他自己鑽下去的。假如吊死鬼是以色迷，那麼河水鬼可以說是以利誘了。它平常喜歡變什麼東西，我沒有打聽清楚，我所記得的只是說變「花棒槌」，這是一種玩具，我在兒時聽見所以特別留意，至於所以變這玩具的用意，或者是專以引誘小兒亦未可知。但有時候它也用武力，往往有鄉人游泳，忽然沉了下去，這些人都是像蛤蟆一樣地「識水」的，論理絕不會失足，所以這顯然是河水鬼的勾當，只有外道才相信是由於什麼腳筋拘攣或心臟麻痹之故。

照例，死於非命的應該超度，大約總是念經拜懺之類，最好自然是「翻九樓」，不過翻的人如不高妙，從七七四十九張桌子上跌了下來的時候，那便別樣地死於非命，又非另行超度不可了。翻九樓或拜懺之後，鬼魂理應已經得度，不必再討替代了，但為防萬一危險計，在出事地點再立一石幢，上面刻南無阿彌陀佛六字，或者也有刻別的文句的罷，我卻記不起來了。在鄉下走路，突然遇見這樣的石幢，不是一件很愉快的事，特別是在傍晚，獨自走到渡頭，正要下四方的渡船親自拉船索渡過去的時候。

話雖如此，此時也只是毛骨略略有點悚然，對於河水鬼卻壓根兒沒有什麼怕，而且還簡直有點兒可以說是親近之感。水鄉的住民對於別的死或者一樣地怕，但是淹死似乎是例外，實在怕也怕不得許多，俗語云，「瓦罐不離井上破，將軍難免陣前亡。」一如住水鄉而怕水，那麼只好搬到山上去，雖然那裡又有別的東西等著，老虎、馬熊。我在大風暴中渡過幾回大樹港，坐在二尺寬的小船內在白鵝似的浪上亂滾，轉眼就可以沉到底去，可是像烈士那樣從容地坐著，實在覺得比大元帥時代在北京還要不感到恐怖。還有一層，河水鬼的樣子也很有點愛嬌。普通的鬼保存它死時的形狀，譬如虎傷鬼之一定大聲喊哎喲，被殺者之必用一隻手提了它自己的六斤四兩的頭之類，唯獨河水鬼則不然，無論老的小的村的俊的，一掉到水裡去就都變成一個樣子，據說是身體矮小，很像是一個小孩子，平常三五成群，在岸上柳樹下「頓銅錢」，正如街頭的野孩子一樣，一被驚動便跳下水去，有如一群青蛙，只有這個不同，青蛙跳時「撲通」的有水響、有波紋，它們沒有。為什麼老年的河水鬼也喜歡攤錢之戲呢？這個，鄉下懂事的老輩沒有說明給我聽過，我也沒有本領自己去找到說明。

我在這裡便聯想到了在日本的它的同類。在那邊稱作「河童」，讀如 **Kappa**，說是 **Kawawappa** 之略，意思即是川童二字，仿佛芥川龍之介有過這樣名字的一部小說，中國有人譯為「河伯」，似乎不大妥帖。這與河水鬼有一個極大的不同，因為河童是一種生物，近於人魚或海和尚。它與河水鬼相同要拉人下水，但也喜歡拉馬，喜歡和人角力。它的形狀大概如猿猴，色青黑，手足如鴨掌，頭頂下凹如碟子，碟中有水時其力無敵，水涸則軟弱無力，頂際有毛髮一圈，狀如前劉海，日本兒童有蓄此種髮者至今稱作河童髮雲。柳田國男在《山島民譚集》（一九一四）中有一篇「河童駒引」的研究，岡田建文的《動物界靈異志》（一九二七）第三章也是講河童的，他相信河童是實有的動物，引《幽明錄》云，「水蝹一名蝹童，一名水精，裸形人身，長三五升，大小不一，眼耳鼻舌唇皆具，頭上戴一盆，受水三五尺，只得水勇猛，失水則無勇力。」以為就是日本的河童。關於這個問題我們無從考證，但想到河水鬼特別不像別的鬼的形狀，卻一律地狀如小兒，仿佛也另有意義，即使與日本河童的迷信沒有什麼關係，或者也有水中怪物的分子混在裡邊，未必純粹是關於鬼的迷信了罷。

十八世紀的人寫文章，末後常加上一個尾巴，說明寓意，現在覺得也有這個必要，所以添寫幾句在這裡。人家要懷疑，即使如何有閒，何至於談到河水鬼去呢？是的，河水鬼大可不談，但是河水鬼的信仰以及有這信仰的人卻是值得注意的。我們平常只會夢想，所見的或是天堂，或是地獄，但總不大願意來望一望這凡俗的人世，看這上邊有些什麼人，是怎麼想。社會人類學與民俗學是這一角落的明燈，不過在中國自然還不發達，也還不知道將來會不會發達。我願意使河水鬼來做個先鋒，引起大家對於這方面的調查與研究之興趣。我想恐怕喜歡頓銅錢的小鬼沒有這樣力量，我自己又不能做研究考證的文章，便寫了這樣一篇閒話，要想去拋磚引玉實在有點慚愧。但總之關於這方面是「佇候明教」。

十九年五月

村裡的戲班子

去不去到裡趙看戲文？

七斤老揑住了照例的那四尺長的毛竹旱煙管站起來說。

好吧。我躊躇了一會兒才回答，晚飯後舅母叫表姐妹們都去做什麼事去了，反正搓不成麻將。

我們出門往東走，面前的石板路朦朧得發白，河水黑黝黝的，隔河小屋裡「哦」一地嘆了一聲，知道劣秀才家的黃牛正在休息。再走上去就是外趙，走過外趙才是裡趙，從名字上可以知道這是趙氏聚族而居的兩個村子。

戲臺搭在五十叔的稻地上，臺屁股在半河裡，泊著班船，讓戲子可以上下。臺前站著五六十個看客，左邊有兩間露天看臺，是趙氏搭了請客人坐的。我因了五十嬸的招待坐了上去，臺上都是些堂客，老是嗑著瓜子，鼻子裡聞著猛烈的頭油氣。戲臺上點了兩盞烏默默的發煙的洋油燈，侉侉侉地打著破鑼，不一會兒有人出臺來了，大家舉眼一看，乃是多福綱司，鎮塘殿的蛋船裡的一位老大，頭戴一頂灶司帽，大約是扮著什麼朝代的皇帝。他在正面半桌背後坐了一分鐘之後，出來踱了一趟，隨即有一個赤背赤腳，單繫一條牛頭水褲的漢子，手拿兩張破舊的令旗，夾住了皇帝的腰胯，把他一直送進後臺去了。接著出來兩三個一樣赤著背、挽著紐糾頭的人，起首亂跌，將他們的背脊向臺板亂撞亂磕，碰得板都發跳，煙塵陡亂，據說是在「跌鯽魚爆」，後來知道在舊戲的術語裡叫作摔殼子。這一摔花了不少工夫，我漸漸有點憂慮，假如不是誰的脊梁或是臺板摔斷一塊，大約這場跌打不會中止。好容易這兩三個人都平安地進了臺房，破鑼又侉侉地開始敲打起來，加上了鬥鼓的格答格答的聲響，彷佛表示要有重要的事件出現了。忽然從後臺唱起「呀」的一聲，一位穿黃袍、手拿象鼻刀的人站在臺口，臺下起了喊聲，似乎以小孩的呼笑為多：

「彎老，豬頭多少錢一斤？」

「阿九阿九，橋頭吊酒……」

我認識這是橋頭賣豬肉的阿九。他拿了象鼻刀在臺上擺出好些架勢，把眼睛輪來輪去的，可是在小孩們看了似乎很是好玩，呼號得更起勁了，其中夾著一兩個大人的聲音道：

「阿九，多賣點力氣。」

一個穿白袍的撇著一支兩頭槍奔出來，和阿九遇見就打，大家知道這是打更的長明，不過誰也和他不打招呼。

女客嗑著瓜子，頭油氣一陣陣地熏過來。七斤老靠了看臺站著，打了兩個呵欠，抬起頭來對我說道，到那邊去看看吧。

我也不知道那邊是什麼，就爬下臺來，跟著他走。到神桌跟前，看見桌上供著五個紙牌位，其中一張綠的知道照例是火神菩薩。再往前走進了兩扇大板門，即是五十叔的家裡。堂前一頂八仙桌，四角點了洋蠟燭，在差馬將，四個人差不多都是認識的。我受了「麥鑊燒」的供應，七斤老在抽他的旱煙——「灣奇」，站在人家背後看得有點入迷。糊里糊塗地過了好些時光，很有點兒倦怠，我催道，再到戲文臺下溜一溜吧。

嗡，七斤老含著旱煙管的咬嘴答應。眼睛仍望著人家的牌，用力地喝了幾口，把煙蒂頭磕在地上，別轉頭往外走，我拉著他的煙必子，一起走到稻地上來。

戲臺上烏黯黯的臺亮還是發著煙，堂客和野小孩都已不見了，臺下還有些看客，零零落落地有十來個人。一個穿黑衣的人在臺上踱著。原來這還是他阿九，頭戴毗盧帽，手執仙帚，小丑似的把腳一伸一伸地走路，恐怕是《合缽》裡的法海和尚吧。

站了一會兒，阿九老是踱著，拂著仙帚。我覺得煙必子在動，便也跟了移動，漸漸往外趙方面去，戲臺留在後邊了。

忽然聽得遠遠地破鑼傍傍地響，心想阿九這一齣戲大約已做完了吧。路上記起兒童的一首俗歌來，覺得寫得很好：

臺上紫雲班，臺下都走散。
連連關廟門，東邊牆壁都爬坍。
連連扯得住，只剩一擔餛飩擔。

十九年六月

關於蝙蝠

——草木蟲魚七

苦雨翁：

我老早就想寫一篇文章論論這位奇特的黑夜行腳的蝙蝠君。但終於沒有寫，不，也可以說是寫過的，只是不立文字罷了。

昨夜從苦雨齋談話歸來，車過西四牌樓，忽然見到幾隻蝙蝠沿著電線上面飛來飛去，似乎並不怕人，熱鬧市口它們這等遊逛，說起來我還是第一次看見，豈未免有點兒鄉下人進城乎。

「奶奶經」告訴我，蝙蝠是老鼠變的。怎樣的一個變法呢？據云，老鼠嘴饞，有一回口渴，錯偷了鹽吃，於是脫去尾巴，生上翅膀，就成了現在的蝙蝠這般模樣。這倒也十分自在，未免更上一層樓，從地上的活動，進而為空中的活動，飄飄乎不覺羽化而登仙。但另有一說，同為老鼠變的則一，同為口渴的也則一，這個則是偷吃了油。我佛面前長明燈，每晚和尚來添油，後來不知怎的，卻發現燈盤裡面的油，一到隔宿便涓滴也沒有留存。和尚好生奇怪，有一回，夜半，私下起來探視，卻見一個似老鼠而又非老鼠的東西昏臥在裡面。也許它正在蒙朧罷，和尚輕輕地撚起，驀然間它驚醒了，不覺大聲而疾呼：「嘰！嘰！」

和尚慈悲，走出門，一揚手，喝道：

善哉──

有翅能飛，

有足能走。

於是蝙蝠從此遍天下。

生物學裡關於蝙蝠是怎樣講法，現在也不大清楚了。只知道它是胎生的，怪別致的，走獸而不離飛鳥，生上這麼兩扇軟翅，分明還記得，小時候讀小學教科書（共和國的），曾經有過蝙蝠君的故事。唉，這太叫人什麼了，想起那教科書，真未免對於此公有些不敬，仿佛說它是被厭棄者，走到獸群，獸群則曰，你有兩翅，非我族類。走到鳥群，鳥群則曰，你是胎生，何與吾事。這似乎是因為蝙蝠君會有挑唆和離間的本事。究竟它和它的同輩爭過怎樣的一席長短，或者與它的先輩先生們有過何種利害衝突的關係，我俱無從知道，固然在事實上好像也找不出什麼證據來，大抵這些都是由於先輩的一時高興，任意賜給它的頭銜罷。然而不然，不見大鍾馗圖乎，上有蝙蝠飛來，據說這就是「福」的象徵呢。在這裡，蝙蝠君倒又成為「幸運兒」了。本來末，舉凡人世所謂擁護呀，打倒呀之類，壓根兒就是個倚伏作用，孟軻不也說過嗎，「趙孟之所貴，趙孟能賤之。」蝙蝠君自然還是在那裡過它的幽棲生活。但使我擔心的，不知現在的小學教科書，或者兒童讀物裡面，還有這類不愉快的故事沒有。

夏夜的蝙蝠，在鄉村裡面的，卻有著另一種風味。日之夕矣，這一天的農事告完，麥糧進了倉房。牧人趕回豬羊，老黃牛總是在樹下多歇一會兒，嘴裡懶懶嚼著乾草，白沫一直拖到地，照例還要去南塘喝口水才進牛欄的罷。長工幾個人老是蹲在場邊，腰裡拔出旱煙袋在那裡彼此對火。有時也默默然不出一聲。場面平滑如一汪水，我們一群孩子喜歡再也沒有可說的，有的光了腳在場上亂跑。這時不知從哪裡來的蝙蝠，來來往往的只在頭上盤旋，也不過是樹頭高罷，孩子們於是慌了手腳，跟著在場上兜轉，性子急一點的未免把光腳亂跺。還是大人告訴我們的，脫下一隻鞋，向空中拋去，蝙蝠自會鑽進裡邊來，就容易把它捉住了。然而蝙蝠君卻在逗弄孩子們玩耍，倒不一定會給捉住的。不過我們蹺一隻腳在場上跳來跳去，實在怪不方便的，一不慎，腳落地，踏上滿襪子土，回家不免要挨父親瞪眼。有時在外面追趕蝙蝠直至更深，弄得一身土，不敢回家，等到母親出門呼喚，才沒精打采地歸去。

年來只在外面漂泊，家鄉的事事物物，表面上似乎來得疏闊，但精神上卻也分外地覺得親近。偶爾看見夏夜的蝙蝠，因而想起小時候聽白髮老人說「奶奶經」以及自己頑皮的故事，真大有不勝其今昔之感了。

關於蝙蝠君的故事，我想先生知道的要多許多，寫出來也定然有趣。何妨也就來談談這位「夜行者」呢？

Grahame 的《楊柳風》（The Wind in the Willows）小書裡面，不知曾附帶提到這小動物沒有，順便地問一聲。

七月二十日，啟無

啟無兄：

關於蝙蝠的事情我所知道的很少，未必有什麼可以補充。查《和漢三才圖會》卷四十二原禽類，引《本草綱目》等文後，按語曰：「伏翼身形色聲牙爪皆似鼠而有肉翅，蓋老鼠化成，故古寺院多有之。性好山椒，包椒於紙拋之，則伏翼隨落，竟捕之。若所醫手指則難放，急以椒與之，即脫焉。其為鳥也最卑賤者，故俚語云，無鳥之鄉蝙蝠為王。」案日本俗語「無鳥的鄉村的蝙蝠」，意思就是矮子隊裡的長子。蝙蝠喜歡花椒，這種傳說至今存在，如東京兒歌云：

蝙蝠，蝙蝠，
給你山椒吧，
柳樹底下給你水喝吧。
蝙蝠，蝙蝠，
山椒的兒，
柳樹底下給你醋喝吧。

北原白秋在《日本的童謠》中說：「我們做兒童的時候，吃過晚飯就到外邊去，叫蝙蝠或是追蝙蝠玩。我的家是酒坊，酒倉左近常有蝙蝠飛翔。而且蝙蝠喜歡喝酒。我們捉到蝙蝠，把酒倒在碟子裡，拉住它的翅膀，伏在裡邊給它酒喝。蝙蝠就紅了臉，醉了，或者老鼠似的吱吱地叫了。」日向地方的童謠云：

酒坊的蝙蝠，給你酒喝吧。
喝燒酒麼，喝清酒麼？
再下一點來再給你喝吧。

有些兒童請它吃糟喝醋，也都是這個意思的變換。不過這未必全是好意，如長野的童謠便很明白，即是想脫一隻鞋向空拋去也。其詞曰：

蝙蝠，來，
快來！
給你草鞋，快來！

雪如女士編《北平歌謠集》一〇三首云：

你是奶奶我是爺。

簷蝙蝠，穿花鞋，

這似乎是幼稚的戀愛歌，雖然還是說的花鞋。

蝙蝠的名譽我不知道是否係為希臘老奴伊索所弄壞，中國向來似乎不大看輕它的。它是暮景的一個重要的配色，日本《俳句辭典》中說：「無論在都會或鄉村，薄暮的景色與蝙蝠都相調和，但熱鬧雜遝的地方其調和之度較薄。大路不如行人稀少的小路，都市不如寂靜的小城，更密切地適合。看蝙蝠時的心情，也要仿佛感著一種蕭寂的微淡的哀愁那種心情才好。從滿腔快樂的人看去，只是皮相的觀察，覺得蝙蝠在暮色中飛翔罷了，並沒有什麼深意，若是帶了什麼敗殘之憾或歷史的悲愁那種情調來看，便自然有別種的意趣浮起來了。」這雖是《詩韻含英》似的解說，卻也頗得要領。小時候讀唐詩（韓退之的詩麼），有兩句云：「山石犖确行徑微，黃昏到寺蝙蝠飛。」至今還覺得有趣味。會稽山下的大禹廟裡，在禹王耳朵裡做窠的許多蝙蝠，白晝也吱吱地亂叫，因為我們到廟時不在晚間，所以總未見過這樣的情景。日本俳句中有好些詠蝙蝠的佳作，舉其一二：

蝙蝠呀，
屋頂草長——
圓覺寺。——億兆子作。

蝙蝠呀，
人販子的船
靠近了岸。——水乃家作。

土牢呀，
衛士所燒的火上的
食蚊鳥。——芋村作。

Kakuidori，吃蚊子鳥，即是蝙蝠的別名。

格來亨的《楊柳風》裡沒有說到蝙蝠，他所講的只是土撥鼠、水老鼠、獾、獺和獺蛤蟆。但是我見過一本《蝙蝠的生活》，很有文學的趣味，是法國Charles Derennes所著，Willcox女士於一九二四年譯成英文，我所見的便是這一種譯本。

十九年七月二十三日，豈明

兩株樹

──草木蟲魚之三

我對於植物比動物還要喜歡，原因是因為我懶，不高興為了區區視聽之娛一日三餐地去飼養照顧，而且我也有點相信「鳥身自為主」的迂論，覺得把它們活物拿來做囚徒當奚奴，不是什麼愉快的事，若是草木便沒有這些麻煩，讓它們直站在那裡便好，不但並不感到不自由，並且還真是生了根地不肯再動一動哩。但是要看樹木花草也不必一定種在自己的家裡，關起門來獨賞，讓它們在野外路旁，或是在人家粉牆之內也並不妨，只要我偶然經過時能夠看見兩三眼，也就覺得欣然，很是滿足的了。

樹木裡邊我所喜歡的第一種是白楊。小時候讀古詩十九首，讀過「白楊何蕭蕭，松柏夾廣路。」之句，但在南方終未見過白楊，後來在北京才初次看見。謝在杭著〈五雜俎〉中云：

「古人墓樹多植梧楸，南人多種松柏，北人多種白楊。白楊即青楊也，其樹皮白如梧桐，葉似冬青，微風擊之輒淅瀝有聲，故古詩云，白楊多悲風，蕭蕭愁殺人。予一日宿鄒縣驛館中，甫就枕即聞雨聲，竟夕不絕，侍兒曰，雨矣。予訝之曰，豈有竟夜雨而無簷溜者？質明視之，乃青楊樹也。南方絕無此樹。」

《本草綱目》卷三五下引陳藏器曰：「白楊北土極多，人種墟墓間，樹大皮白，其無風自動者乃楊移，非白楊也。」又寇宗奭云，「風才至，葉如大雨聲，謂無風自動則無此事，但風微時其葉孤極處則往往獨搖，以其蒂長葉重大，勢使然也。」王象晉《群芳譜》則云楊有兩種，一白楊，一青楊，白楊蒂長兩兩相對，遇風則簌簌有聲，人多植之墳墓間，由此可知白楊與青楊本自有別，但「無風自動」一節卻是相同。在史書中關於白楊有這樣的兩件故事：

《南史・蕭惠開傳》：「惠開為少府，不得志，寺內齋前花草甚美，悉剷除，別植白楊。」

《唐書・契苾何力傳》：「龍翔中司稼少卿梁脩仁新作大明宮，植白楊於庭，示何力曰，此木易成，不數年可芘。何力不答，但誦白楊多悲風蕭蕭愁殺人之句，脩仁驚悟，更植以桐。」

這樣看來，似乎大家對於白楊都沒有什麼好感。為什麼呢？這個理由我不大說得清楚，或者因為它老是簌簌地動的緣故罷。聽說蘇格蘭地方有一種傳說，耶穌受難時所用的十字架是用白楊木做的，所以白楊自此以後就永遠在發抖，大約是知道自己的罪孽深重。但是做釘的鐵卻似乎不曾因此有什麼罪，黑鐵這件東西在法術上還總有點位置的，不知何以這樣地有幸有不幸（但吾鄉結婚時忌見鐵，凡門窗上鉸鏈等悉用紅紙糊蓋，又似別有緣故）。我承認白楊種在墟墓間的確很好看，然而種在齋前又何嘗不好，它那瑟瑟的響聲第一有意思。我在前面的院子裡種了一棵，每逢夏秋有客來齋夜話的時候，忽聞淅瀝聲，多疑是雨下，推戶出視，這是別種樹所沒有的佳處。梁少卿怕白楊的蕭蕭改種梧桐。其實梧桐也何嘗一定吉祥，假如要講迷信的話，吾鄉有一句俗諺云，「梧桐大如斗，主人搬家走」，所以就是別莊花園裡也很少種梧桐的。這實在是一件很可惜的事，梧桐的枝幹和葉子真好看，且不提那一葉落知天下秋的興趣了。在我們的後院裡卻有一棵，不知已經有若干年了，我至今看了它十多年，樹幹還遠不到五合的粗，看它大有黃楊木的神氣，雖不厄閏也總長得十分緩慢呢。——因此我想到避忌梧桐大約只是南方的事，在北方或者並沒有這句俗諺，在這裡梧桐想要如斗大恐怕不是容易的事罷。

第二種樹乃是烏桕，這正與白楊相反，似乎只生長於東南，北方很少見。陸龜蒙詩云：「行歇每依鴉舅影」，陸游詩云：「烏桕赤於楓，園林二月中。」又云，「烏桕新添落葉紅」，都是江浙鄉村的景象。《齊民要術》卷十列「五穀果蓏菜茹非中國物產者」，下注云：「聊以存其名目，記其怪異耳，爰及山澤草木任食非人力所種者，悉附於此，」其中有烏桕一項，引《玄中記》云：「荊陽有烏臼，其實如雞頭，迮之如胡麻子，其汁味如豬脂。」《群芳譜》言：「江浙之人，凡高山大道溪邊宅畔無不種，」此外則江西安徽蓋亦多有之。關於它的名字，李時珍說：「烏喜食其子，因以名之……或曰，其木老則根下黑爛成臼，故得此名。」我想這或曰恐太迂曲，此樹又名鴉舅，或者與烏不無關係，鄉間冬天賣野味有子舄（讀如呆鳥字），是道墟地方名物，此物殆是烏類乎，但是其味頗佳，平常所謂舄肉幾乎便指此舄也。

桕樹的特色第一在葉，第二在實。放翁生長稽山鏡水間，所以詩中常常說及桕葉，便是那唐朝的張繼寒山寺詩所云江楓漁火對愁眠，也是在說這種紅葉。王端履著《重論文齋筆錄》卷九論及此詩，注云：「江南臨水多植烏桕，秋葉飽霜，鮮紅可愛，詩人類指為楓，不知楓生山中，性最惡濕，不能種之江畔也。此詩江楓二字亦未免誤認耳。」范寅在《越諺》卷中　樹頂下說：「十月葉丹，即楓，其子可榨油，農皆植田邊。」就把兩者誤合為一。羅逸長《青山記》云：「山之麓朱村，蓋考亭之祖居也，自此倚石嘯歌，松風上下，遙望木葉著霜如渥丹，始見怪以為紅花，久之知為烏桕樹也。」《蓬窗續錄》云：「陸子淵《豫章錄》言，饒信間桕樹冬初葉落，結子放蠟，每顆作十字裂，一叢有數顆，望之若梅花初綻，枝柯詰曲，多在野水亂石間，遠近成林，真可作畫。此與柿樹俱稱美蔭，園圃植之最宜。」這兩節很能寫出桕樹之美，它的特色仿佛可以說是中國畫的，不過此種景色自從我離了水鄉的故國已經有三十年不曾看見了。

桕樹子有極大的用處，可以榨油製燭，《越諺》卷中蠟燭條下注曰：「卷芯草幹，熬桕油拖蘸成燭，加蠟為皮，蓋紫草汁則紅。」汪曰楨著《湖雅》卷八中說得更是詳細：

「中置燭心，外裹烏桕子油，又以紫草染蠟蓋之，曰桕油燭。用棉花籽油者曰青油燭，用牛羊油者曰葷油燭。湖俗祀神祭先必燃兩炬，皆用紅桕燭。婚嫁用之曰喜燭，綴蠟花者曰花燭，祝壽所用曰壽燭，喪家則用綠燭或白燭，亦桕燭也。」

日本寺島安良編《和漢三才圖會》五八引《本草綱目》語云：「燭有蜜蠟燭

蟲蠟燭牛脂燭桕油燭，」後加案語曰：「案唐式云少府監每年供蠟燭七十挺，則元以前既有之矣。有數品，而多用木蠟牛脂蠟也。有油桐子蠶豆蒼耳子等為蠟者，火易滅。有鯨鯢油為蠟者，其焰甚臭，牛脂蠟亦臭。近年製精，去其臭氣，故多以牛蠟偽為木蠟，神佛燈明不可不辨。」

但是近年來蠟燭恐怕已是倒了運，有洋人替我們造了電燈，其次也有洋蠟洋油，除了拿到妙峰山上去之外大約沒有其他的什麼用處了。就是要用蠟燭，反正牛羊脂也湊合可以用得，神佛未必會得見怪——日本真宗的和尚不是都要娶妻吃肉了麼？那麼桕油並不再需要，田邊水畔的紅葉白實不久也將絕跡了罷。這於國民生活上本來沒有什麼關係，不過在我想起來的時候總還有點懷念，小時候喜讀《南方草木狀》《嶺表錄異》和《北戶錄》等書，這種脾氣至今還是存留著，秋天買了一部大板的《本草綱目》，很為我的朋友所笑，其實也只是為了這個緣故罷了。

十九年十二月二十五日，於北平煆藥廬

莧菜梗

——草木蟲魚之四

近日從鄉人處分得醃莧菜梗來吃，對於莧菜仿佛有一種舊雨之感。莧菜在南方是平民生活中幾乎沒有一天缺的東西，北方卻似乎少有，雖然在北平近來也可以吃到嫩莧菜了。查《齊民要術》中便沒有講到，只在卷十列有人莧一條，引《爾雅》郭注，但這一卷所講都是「五穀果蓏菜茹非中國物產者」，而《南史》中則常有此物出現，如《王智深傳》云，「智深家貧無人事，嘗餓五日不得食，掘莧根食之。」又《蔡樽附傳》云，「樽在吳興不飲郡齋井，齋前自種白莧紫茄以為常餌，詔褒其清。」都是很好的例。

莧菜據《本草綱目》說共有五種，馬齒莧在外。蘇頌曰：「人莧白莧俱大寒，其實一也，但大者為白莧，小者為人莧耳，其子霜後方熟，細而色黑。紫莧葉通紫，吳人用染爪者，諸莧中唯此無毒不寒。赤莧亦謂之花莧，莖葉深赤，根莖亦可糟藏，食之甚美味辛。五色莧今亦稀有，細莧俗謂之野莧，豬好食之，又名豬莧。」李時珍曰：「莧並三月撒種，六月以後不堪食，老則抽莖如人長，開細花成穗，穗中細子扁而光黑，與青箱子雞冠子無別，九月收之。」《爾雅•釋草》：「蕢赤莧」，郭注云：「今之莧赤莖者」，郝懿行疏乃云：「今驗赤莧莖葉純紫，濃如燕支，根淺赤色，人家或種以飾園庭，不堪啖也。」照我們經驗來說，嫩的紫莧固然可以瀹食，但是「糟藏」的卻都用白莧，這原只是一鄉的習俗，不過別處的我不知道，所以不能拿來比較了。

說到莧菜同時就不能不想到甲魚。《學圃餘疏》云：「莧有紅白二種，素食者便之，肉食者忌與鱉共食。」《本草綱目》引張鼎曰：「不可與鱉同食，生鱉瘕，又取鱉肉如豆大，以莧菜封裹置土坑內，以土蓋之，一宿盡變成小鱉也。」其下接聯地引汪機曰：「此話屢試不驗。」《群芳譜》採張氏的話稍加刪改，而末云「即變小鱉」之後卻接寫一句「試之屢驗」，與原文比較來看未免有點滑稽。這種神異的物類感應，讀了的人大抵覺得很是好奇，除了雀入大水為蛤之類無可著手外，總想怎麼來試他一試，莧菜鱉肉反正都是易得的材料，一經實驗便自分出真假，雖然也有越試越糊塗的，如《酉陽雜俎》所記：「蟬未脫時名復育，秀才韋翾莊在杜曲，常冬中掘樹根，見復育附於朽處，怪之，村人言蟬固朽木所化也，剟因剖一視之，腹中猶實爛木。」這正如剖雞胃中皆米粒，遂說雞是白米所化也。莧菜與甲魚同吃，在三十年前曾和一位族叔試過，現在族叔已將七十了，聽說還健在，我也不曾肚痛，那麼鱉瘕之說或者也可以歸入不驗之列了罷。

莧菜梗的製法須俟其「抽莖如人長」，肌肉充實的時候，去葉取梗，切作寸許長短，用鹽醃藏瓦壇中，候發酵即成，生熟皆可食。平民幾乎家家皆製，每食必備，與乾菜醃菜及螺螄霉豆腐千張等為日用的副食物，莧菜梗鹵中又可浸豆腐干，鹵可蒸豆腐，味與「溜豆腐」相似，稍帶枯澀，別有一種山野之趣。讀外鄉人遊越的文章，大抵眾口一詞地譏笑土人之臭食，其實這是不足怪的，紹興中等以下的人家大都能安貧賤，敝衣惡食，終歲勤勞，其所食者除米而外，惟菜與鹽，蓋亦自然之勢耳。乾醃者有乾菜，濕醃者以醃菜及莧菜梗為大宗，一年間的「下飯」差不多都在這裡，《詩》云，我有旨蓄，可以禦冬，是之謂也，至於存置日久，乾醃者別無問題，濕醃則難免氣味變化，顧氣味有變而亦別具風味，此亦是事實，原無需引西洋乾酪為例者也。

《邵氏聞見錄》云：「汪信民常言，人常咬得菜根則百事可做，胡康侯聞之擊節嘆賞。」俗語亦云：「布衣暖，菜根香，讀書滋味長。」明洪應明遂作《菜根譚》以駢語述格言，《醉古堂劍掃》與《婆羅館清言》亦均如此，可見此體之流行一時了。咬得菜根，吾鄉的平民足以當之，所謂菜根者當然包括白菜芥菜頭、蘿蔔芋艿之類，而莧菜梗亦附其下，至於莧根雖然救了王智深一命，實在卻無可吃，因為在只是梗的末端罷了，或者這裡就是梗的別稱也未可知。咬了菜根是否百事可做，我不能確說，但是我覺得這是頗有意義的，第一可以食貧，第二可以習苦，而實在卻也有清淡的滋味，並沒有餓這樣難吃，膽這樣難嘗。這個年頭兒人們似乎應該學得略略吃得起苦才好。中國的青年有些太嬌養了，大抵連冷東西都不曾吃，水果冰淇淋除外，我真替他們憂慮，將來如何上得前敵，至於那粉澤不去手，和穿紅裡子夾袍的更不必說了。其實我也並不激烈地想禁止跳舞或抽白麵，我知道在亂世的生活中耽溺亦是其一，不滿於現世社會制度而無從反抗，往往沉浸於醇酒婦人以解憂悶，與中山餓夫殊途而同歸，後之人略跡原心，也不敢加以菲薄，不過這也只是近於豪傑之徒才可以，決不是我們凡人所得以援引的而已——喔，似乎離本題太遠了，還是就此打住，有話改天換了題目再談罷。

二十年十月二十六日，於北平

北平的春天

北平的春天似乎已經開始了，雖然我還不大覺得。立春已過了十天，現在是七九六十三的起頭了，布衲攤在兩肩，窮人該有欣欣向榮之意。光緒甲辰即一九〇四年小除那時我在江南水師學堂曾作一詩云：

「一年倏就除，風物何淒緊。百歲良悠悠，白日催人盡。既不為大椿，便應如朝菌。一死息群生，何處問靈蠢。」但是第二天除夕我又做了這樣一首云：

「東風三月煙花好，涼意千山雲樹幽，冬最無情今歸去，明朝又得及春遊。」這詩是一樣的不成東西，不過可以表示我總是很愛春天的。春天有什麼好呢，要講它的力量及其道德的意義，最好去查盲詩人愛羅先珂的抒情詩的演說，那篇世界語原稿是由我筆錄，譯本也是我寫的，所以約略都還記得，但是這裡謄錄自然也更可不必了。春天的是官能的美，是要去直接領略的，關門歌頌一無是處，所以這裡抽象的話暫且割愛。

且說我自己的關於春的經驗，都是與遊有相關的。古人雖說以鳥鳴春，但我覺得還是在別方面更感到春的印象，即是水與花木。迂闊地說一句，或者這正是活物的根本的緣故罷。小時候，在春天總有些出遊的機會，掃墓與香市是主要的兩件事，而通行只有水路，所在又多是山上野外，那麼這水與花木自然就不會缺少的。香市是公眾的行事，禹廟南鎮香爐峰為其代表，掃墓是私家的，會稽的烏石頭調馬場等地方至今在我的記憶中還是一種代表的春景。庚子年三月十六日的日記云：

「晨坐船出東郭門，挽行十里，至繞門山，今稱東湖，為陶心雲先生所創修，堤計長二百丈，皆植千葉桃垂柳及女貞子各樹，遊人頗多。又三十里至富盛埠，乘兜轎過市行三里許，越嶺，約千餘級。山上映山紅牛郎花甚多，又有蕉藤數株，著花蔚藍色，狀如豆花，結實即刀豆也，可入藥。路旁皆竹林，竹萌之出土者粗於碗口而長僅二三寸，頗為可觀。忽聞有聲如雞鳴，閣閣然，山谷皆響，問之轎夫，云係雉雞叫也。又二里許過一溪，闊數丈，水沒及骭，舁者亂流而渡，水中圓石顆顆，大如鵝卵，整潔可喜。行一二里至墓所，松柏夾道，頗稱閎壯。方祭時，小雨簌簌落農袂間，幸即晴霽。下山午餐，下午開船。將進城門，忽天色如墨，雷雹並作，大雨傾注，至家不息。」

舊事重提，本來沒有多大意思，這裡只是舉個例子，說明我春遊的觀念而已。我們本是水鄉的居民，平常對於水不覺得怎麼新奇，要去臨流賞玩一番，可是生平與水太相習了，自有一種情分，仿佛覺得生活的美與悅樂之背景裡都有水在，由水而生的草木次之，禽蟲又次之。我非不喜歡禽蟲，但它總離不了草木，不但是吃食，也實是必要的寄託，蓋即使以鳥鳴春，這鳴也得在枝頭或草原上才好，若是雕籠金鎖，無論怎樣地鳴得起勁，總使人聽了索然興盡也。

話休煩絮。到底北平的春天怎麼樣了呢。老實說，我住在北京和北平已將二十年，不可謂不久矣，對於春遊卻並無什麼經驗。妙峰山雖熱鬧，尚無暇瞻仰，清明郊遊只有野哭可聽耳。北平缺少水氣，使春天減了成色，而氣候變化稍劇，春天似不曾獨立存在，如不算它是夏的頭，亦不妨稱為冬的尾，總之風和日暖讓我們著了單給可以隨意徜徉的時候真是極少，剛覺得不冷就要熱了起來了。不過這春的季候自然還是有的。第一，冬之後明明是春，且不說節氣上的立春也已過了。第二，生物的發生當然是春的證據，牛山和尚詩云，春叫貓兒貓叫春，是也。人在春天卻只是懶散，雅人稱曰春困，這似乎是別一種表示。所以北平到底還是有它的春天，不過太慌張一點了，又欠腴潤一點，叫人有時來不及嘗它的味兒，有時嘗了覺得稍枯燥了，雖然名字還叫作春天，但是實在就把它當作冬的尾，要不然便是夏的頭，反正這兩者在表面上雖差得遠，實際上對於不大承認它是春天原是 樣的。

我倒還是愛北平的冬天。春天總是故鄉的有意思。雖然這是三四十年前的事，現在怎麼樣我不知道。至於冬天，就是三四十年前的故鄉的冬天我也不喜歡：那些手腳生凍瘡，半夜裡醒過來像是懸空掛著似的上下四旁都是冷氣的感覺，很不好受，在北平的紙糊過的屋子裡就不會有的。在屋裡不苦寒，冬天便有一種好處，可以讓人家做事：手不僵凍，不必炙硯呵筆，於我們寫文章的人大有利益。北平雖幾乎沒有春天，我並無什麼不滿意，蓋吾以冬讀代春遊之樂久矣。

廿五二月十四日

賣糖

崔曉林著《念堂詩話》卷二中有一則云：

「《日知錄》謂古賣糖者吹簫，今鳴金。予考徐青長詩，敲鑼賣夜糖，是明時賣餳鳴金之明證也。」案此五字見《徐文長集》卷四，所云青長當是青藤或文長之誤。原詩題曰《曇陽》，凡十首，其五云：

「何事移天竺，居然在太倉。善哉聽白佛，夢已熟黃粱。托缽求朝飯，敲鑼賣夜糖。」所詠當係王錫爵女事，但語頗有費解處，不佞亦只能取其末句，作為夜糖之一佐證而已。查范嘯風著《越諺》卷中飲食類中，不見夜糖一語，即梨膏糖亦無，不禁大為失望。紹興如無夜糖，不知小人們當更如何寂寞，蓋此與炙糕二者實是兒童的恩物，無論野孩子與大家子弟都是不可缺少者也。夜糖的名義不可解，其實只是圓形的硬糖，平常亦稱圓眼糖，因形似龍眼故，亦有尖角者，則稱粽子糖，共有紅白黃三色，每粒價一錢，若至大路口糖色店去買，每十粒只七八文即可，但此是三十年前價目，現今想必已大有變更了。梨膏糖每塊需四文，尋常小孩多不敢問津，此外還有一錢可買者有茄脯與梅餅。以砂糖煮茄子，略晾乾，原以斤兩計，賣糖人切為適當的長條，而不能無大小，小兒多較量擇取之，是為茄脯。梅餅者，黃梅與甘草同煮，連核搗爛，範為餅如新鑄一分銅幣大，吮食之別有風味，可與青鹽梅競爽也。賣糖者大率用擔，但非是肩挑，實只一筐，俗名橋籃，上列木匣，分格盛糖，蓋以玻璃，有木架交叉如交椅，置籃其上，以待顧客，行則疊架夾脅下，左臂操筐，俗語曰橋。虛左手持一小鑼，右手執木片如笏狀，擊之聲鏜鏜然，此即賣糖之信號也，小兒聞之驚心動魄，殆不下於貨郎之驚閨與喚嬌娘焉。此鑼卻又與他鑼不同，直徑不及一尺，窄邊，不繫索，擊時以一指抵邊之內緣，與銅鑼之提索及用鑼槌者迥異，民間稱之曰鏜鑼，第一字讀如國音湯去聲，蓋形容其聲如此。雖然亦是金屬無疑，但小說上常見鳴金收兵，則與此又截不相像，顧亭林雲賣餳者今鳴金，原不能說錯，若云籠統殆不能免，此則由於用古文之故，或者也不好單與顧君為難耳。

賣糕者多在下午，竹籠中生火，上置熬盤，紅糖和米粉為糕，切片炙之，每片一文，亦有麻糍，大呼曰麻糍荷炙糕。荷者語助詞，如蕭老老公之荷荷，唯越語更帶喉音，為他處所無。早上別有賣印糕者，糕上有紅色吉利語，此外如蔡糖糕、茯苓糕、桂花年糕等亦具備，呼聲則僅云賣糕荷，其用處似在供大人們做早點心吃，與炙糕之為小孩食品者又異。此種糕點來北京後便不能遇見，蓋南方重米食，糕類以米粉為之，北方則幾乎無一不麵，情形自大不相同也。

小時候吃的東西，味道不必甚佳，過後思量每多佳趣，往往不能忘記。不佞之記得糖與糕，亦正由此耳。昔年讀日本原公道著《先哲叢談》卷三有講朱舜水的幾節，其一云：

「舜水歸化歷年所，能和語，然及其病革也，遂復鄉語，則侍人不能了解。」（原本漢文）不佞讀之愴然有感。舜水所語蓋是餘姚話也，不佞雖是隔縣當能了知，其意亦唯不佞可解。餘姚亦當有夜糖與炙糕，惜舜水不曾說及，豈以說了也無人懂之故歟。但是我又記起《陶庵夢憶》來，其中亦不談及，則更可惜矣。

廿七年二月廿五日，漫記於北平知堂

〔附記〕

《越諺》不記糖色，而糕類則稍有敘述，如印糕下注云，「米粉為方形，上印彩粉文字，配饅頭送喜壽禮。」又麻糍下云，「糯粉，餡烏豆沙，如餅，炙食，擔賣，多吃能殺人。」末五字近於贅，蓋昔曾有人賭吃麻糍，因以致死，范君遂書之以為戒，其實本不限於麻糍一物，即雞骨頭糕乾如多吃亦有害也。看一地方的生活特色，食品很是重要，不但是日常飯粥，即點心以至閒食，亦均有意義，只可惜少有人注意，本鄉文人以為瑣屑不足道，外路人又多輕飲食而著眼於男女，往往鬧出《閒話揚州》似的事件，其實男女之事大同小異，不值得那麼用心，倒還不如各種吃食盡有滋味，大可談談也。

廿八日又記

讀書的經驗

買到一冊新刻的《汴宋竹枝詞》，李于潢著，卷頭有蔣湘南的一篇〈李李村墓誌銘〉，寫得詼詭而又樸實，讀了很是喜歡，查《七經樓文鈔》裡卻是沒有。我看著這篇文章，想起自己讀書的經驗，深感到這件事之不容易，摸著門固難，而指點向人亦幾乎無用。在書房裡我念過四書五經，《唐詩三百首》與《古文析義》只算是學了識字，後來看書乃是從閒書學來，《西遊記》與《水滸傳》《聊齋志異》與《閱微草堂筆記》可以說是兩大類。至於文章的好壞，思想的是非，知道一點別擇，那還在其後，也不知道怎樣地能夠得門徑，恐怕其實有些是偶然碰著的吧。即如蔣子瀟，我在看見《遊藝錄》以前，簡直不知道有這麼一個人，父師的教訓向來只說周程張朱，便是我愛雜覽，不但道咸後的文章，即使今人著作裡，也不曾告訴我蔣子瀟的名字，我之因《遊藝錄》而愛好他，再去找《七經樓文》與《春暉閣詩》來讀，想起來真是偶然。可是不料偶然又偶然，我在中國文人中又找出俞理初、袁中郎、李卓吾來，大抵是同樣的機緣，雖然今人推重李卓老者不是沒有，但是我所取者卻非是破壞而在其建設，其可貴處是合理有情，奇辟橫肆都只是外貌而已。我從這些人裡取出來的也就是這一些些，正如有取於佛菩薩與禹稷之傳說，以及保守此傳說精神之釋子與儒家。這話有點說得遠了，總之這些都是點點滴滴的集合攏來，所謂粒粒皆辛苦的，在自己看來覺得很可珍惜，同時卻又深知道對於別人無甚好處，而仍不免常要饒舌，豈真敝帚自珍，殆是舊性難改乎。

外國書讀得很少，不敢隨便說，但取捨也總有的。在這裡我也未能領解正統的名著，只是任意挑了幾個，別無名人指導，差不多也就是偶然碰著，與讀中國書沒有什麼兩樣。我所找著的，在文學批評是丹麥勃闌兌思，鄉土研究是日本柳田國男，文化人類學是英國茀來則，性的心理是藹理斯。這都是世界的學術大家，對於那些專門學問我不敢伸一個指頭下去，可是拿他們的著作來略為涉獵，未始沒有益處，只要能吸收一點進來，使自己的見識增深或推廣一分也好，回過去看人生能夠多少明白一點，就很滿足了。近年來時常聽到一種時髦話，慨嘆說中國太歐化了，我想這在服用娛樂方面或者還勉強說得，若是思想上哪裡有歐化氣味，所有的恐怕只是道士氣秀才氣以及官氣而已。想要救治，卻正用得著科學精神，這本來是希臘文明的產物，不過至近代而始光大，實在也即是王仲任所謂疾虛妄的精神，也本是儒家所具有者也。我不知怎的覺得西哲如藹理斯等的思想實在與李俞諸君還是一鼻孔出著氣的，所不同的只是後者靠直覺懂得了人情物理，前者則從學理通過了來，事實雖是差不多，但更是確實，蓋智慧從知識上來者其根基自深固也。這些洋書並不怎麼難以消化，只需有相當的常識與虛心，如中學辦得適宜，這與外國文的學力都不難習得，此外如再有讀書的興趣，這件事便已至少有了八分光了。我自己讀書一直是暗中摸索，雖然後來找到一點點東西，總是事倍功半，因此常想略有陳述，貢其一得，若野芹蜇口，恐亦未免，唯有惶恐耳。

近來因為漸已懂得文章的好壞，對於自己所寫的決不敢自以為好，若是裡邊所說的話，那又是別一問題。我從民國六年以來寫白話文，近五六年寫的多是讀書隨筆，不怪小朋友們的厭惡，我自己也戲稱曰文抄公，不過說盡是那麼說，寫也總是寫著，覺得這裡邊不無有些可取的東西。對於這種文章不以為非的，想起來有兩個人，其一是一位外國的朋友，其二是亡友燁齋。燁齋不是他的真名字，乃是我所戲題，可是寫信時也曾用過，可以算是受過默許的。他於最後見面的一次還說及，他自己覺得這樣的文很有意思，雖然青年未必能解，有如他的小世兄，便以為這些都是小品文，文抄公，總是該死的。那時我說，自己並不以為怎麼了不得，但總之要想說自己所能說的話，假如關於某一事物，這些話別人來寫也會說的，我便不想來寫。有些話自然也是頗無味的，但是如《瓜豆集》的頭幾篇，關於鬼神、家庭、婦女特別是娼妓問題，都有我自己的意見在，而這些意見有的就是上邊所說的讀書的結果，我相信這與別人不盡同，就是比我十年前的意見也更是正確。所以人家不理解，於別人不能有好處，雖然我十分承認，且以為當然，然而在同時也相信這仍是值得寫，因為我終於只是一個讀書人，讀書所得就只這一點，如不寫點下來，未免可惜。在這裡我知道自己稍缺少謙虛，卻也是無法。我不喜歡假話，自己不知道的都已除掉，略有所知的就不能不承認，如再謙讓也即是說誑了。至於此外許多事情，我實在不大清楚，所以我總是竭誠謙虛的。

一九四〇年二月作

雨的感想

今年夏秋之間北京的雨下得不太多，雖然在田地裡並不乾旱，城市中也不怎麼苦雨，這是很好的事。北京一年間的雨量本來頗少，可是下得很有點特別，它把全年份的三分之二強在六七八月中間落了，而七月的雨又幾乎要占這三個月份總數的一半。照這個情形說來，夏秋的苦雨是很難免的。在民國十三年和二十七年，院子裡的雨水上了階沿，進到西書房裡去，證實了我的苦雨齋的名稱，這都是在七月中下旬，那種雨勢與雨聲想起來也還是很討嫌，因此對於北京的雨我沒有什麼好感，像今年的雨量不多，雖是小事，但在我看來自然是很可感謝的了。

不過講到雨，也不是可以一口抹殺，以為一定是可嫌惡的。這須得分別言之，與其說時令，還不如說要看地方而定。在有些地方，雨並不可嫌惡，即使不必說是可喜。囫圇地說一句南方，恐怕不能得要領，我想不如具體地說明，在到處有河流，滿街是石板路的地方，雨是不覺得討厭的，那裡即使會漲大水，成水災，也總不至於使人有苦雨之感。我的故鄉在浙東的紹興，便是這樣的一個好例。

在城裡，每條路差不多有一條小河平行著，其結果是街道上橋很多，交通利用大小船隻，民間飲食洗濯依賴河水，大家才有自用井，蓄雨水為飲料。河岸大抵高四五尺，下雨雖多盡可容納，只有上游水發，而閘門淤塞，下流不通，成為水災，但也是田野鄉村多受其害，城裡河水是不至於上岸的。因此住在城裡的人遇見長雨，也總不必擔心水會灌進屋子裡來，因為雨水都流入河裡，河固然不會得滿，而水能一直流去，不至於停住在院子或街上者，則又全是石板路的關係。我們不曾聽說有下水溝渠的名稱，但是石板路的構造仿佛是包含有下水計畫在內的，大概石板底下都用石條架著，無論多少雨水全由石縫流下，一總到河裡去。人家裡邊的通路以及院子即所謂明堂也無不是石板，室內才用大方磚砌地，俗名曰地平。在老家裡有一個長方形的院子，承受南北兩面樓房的雨水，即使下到四十八小時以上，也不見它停留一寸半寸的水，現在想起來覺得很是特別，秋季長雨的時候，睡在一間小樓上或是書房內，整夜地聽雨聲不絕，固然是一種喧囂，卻也可以說是一種肅寂，或者感覺好玩也無不可，總之不會使人憂慮的。吾家濂溪先生有一首夜雨書窗的詩云：

秋風掃暑盡，半夜雨淋漓。
繞屋是芭蕉，一枕萬響圍。
恰似釣魚船，篷底睡覺時。

這詩裡所寫的不是浙東的事，但是情景大抵近似，總之說是南方的夜雨是可以的吧。在這裡便很有一種情趣，覺得在書室聽雨如睡釣魚船中，倒是很好玩似的。下雨無論久暫，道路不會泥濘，院落不會積水，用不著什麼憂慮，所有的唯一的憂慮只是怕漏。大雨急雨從瓦縫中倒灌而入，長雨則瓦都濕透了，可以浸潤緣入，若屋頂破損，更不必說，所以雨中搬動面盆水桶，羅列滿地，承接屋漏，是常見的事。民間故事說不怕老虎只怕漏，生出偷兒和老虎猴子的糾紛來，日本也有虎狼古屋漏的傳說，可見此怕漏的心理分布得很是廣遠也。

下雨與交通不便本是很相關的，但在上邊所說的地方也並不一定如此。一般交通既然多用船隻，下雨時照樣地可以行駛，不過篷窗不能推開，坐船的人看不到山水村莊的景色，或者未免氣悶，但是閉窗坐聽急雨打篷，如周濂溪所說，也未嘗不是有趣味的事。再是舟子，他無論遇見如何的雨和雪，總只是一蓑一笠，站在後艄搖他的櫓，這不要說什麼詩味畫趣，卻是看去總毫不難看，只覺得辛勞質樸，沒有車夫的那種拖泥帶水之感。還有一層，雨中水行同平常一樣的平穩，不會像陸行的多危險，因為河水固然一時不能驟增，即使增漲了，如俗語所云，水漲船高，別無什麼害處，其唯一可能的影響乃是橋門低了，大船難以通行，若是一人兩槳的小船，還是往來自如。水行的危險蓋在於遇風，春夏間往往於晴明的午後陡起風暴，中小船隻在河港闊大處，又值舟子缺少經驗，易於失事，若是雨則一點都不要緊也。坐船以外的交通方法還有步行。雨中步行，在一般人想來總很是困難的吧，至少也不大愉快。在鋪著石板路的地方，這情形略有不同。因為是石板路的緣故，既不積水，亦不泥濘，行路困難已經幾乎沒有，餘下的事只需防濕便好，這有雨具就可濟事了。從前的人出門必帶釘鞋雨傘，即是為此，只要有了雨具，又有腳力，在雨中要走多少里都可隨意，反正地面都是石板，城坊無需說了，就是鄉村間其通行大道至少有一塊石板寬的路可走，除非走入小路岔道，並沒有泥濘難行的地方。本來防濕的方法最好是不怕濕，赤腳穿草鞋，無往不便利平安，可是上策總難實行，常人還只好穿上釘鞋，撐了雨傘，然後安心地走到雨中去。我有過好多回這樣的在大雨中間行走，到大街裡去買吃食的東西，往返就要花兩小時的工夫，一點都不覺得有什麼困難。最討厭的還是夏天的陣雨，出去時大雨如注，石板上一片流水，很高的釘鞋齒踏在上邊，有如低板橋一般，倒也頗有意思，可是不久雲收雨散，石板上的水經太陽一晒，隨即乾涸，我們走回來時把釘鞋踹在石板路上格登格登地響，自己也覺得怪寒傖的，街頭的野孩子見了又要起哄，說是旱地烏龜來了。這是夏日雨後出門的人常有的經驗，或者可以說是關於釘鞋雨傘的一件頂不愉快的事情吧。

以上是我對於雨的感想，因了今年北京夏天不下大雨而引起來的。但是我所說的地方的情形也還是民國初年的事，現今一定很有變更，至少路上石板未必保存得住，大抵已改成蹩腳的馬路了吧。那麼雨中步行的事便有點不行了，假如河中還可以行船，屋下水溝沒有閉塞，在篷底窗下可以平安地聽雨，那就已經是很可喜的了。

一九四四年八月作

風的話

北京多風，時常想寫一篇小文章講講它。但是一拿起筆，第一想到的便是大塊噫氣這些話，不覺索然興盡，又只好將筆擱下。近日北京大刮其風，不但三日兩頭地刮，而且一刮往往三天不停，看看妙峰山的香市將到了，照例這半個月裡是不大有什麼好天氣的，恐怕書桌上沙泥粒屑，一天裡非得擦幾回不可的日子還要暫時繼續，對於風不能毫無感覺，不管是好是壞，決意寫了下來。說風的感想，重要的還是在南方，特別是小時候在紹興所經歷的為本，雖然覺得風頗有點可畏，卻並沒有什麼可以嫌惡的地方。紹興是水鄉，到處是河港，交通全用船，道路鋪的是石板，在二三十年前還是沒有馬路。因為這個緣故，紹興的風也就有它的特色。這假如說是地理的，此外也有一點天文的關係。紹興在夏秋之間時常有一種龍風，這是在北京所沒有見過的。時間大抵在午後，往往是很好的天氣，忽然一朵烏雲上來，霎時天色昏黑，風暴大作，在城裡說不上飛沙走石，總之是竹木摧折，屋瓦整疊地揭去，嘩啦啦地掉在地下，所謂把井吹出籬笆外的事情也不是沒有。若是在外江內河，正坐在船裡的人，那自然是危險了，不過撐疍船的老大們大概多是有經驗的，他們懂得占候，會看風色，能夠預先防備，受害或者不很大。龍風本不是年年常有，就是發生也只是短時間，不久即過去了，記得老子說過，「飄風不終朝，驟雨不終日，孰為此者天地，天地尚不能久，而況於人乎。」這話說得很好，此本是自然的規律，雖然應用於人類的道德也是適合。下龍風一二等的大風卻是隨時多有，大中船不成問題，在小船也還不免危險。我說小船，這是指所謂踏槳船，從前在〈烏篷船〉那篇小文中有云：

「小船則真是一葉扁舟，你坐在船底席上，篷頂離你的頭有兩三寸，你的兩手可以擱在左右的舷上，還把手掌都露出在外邊。在這種船裡仿佛是在水面上坐，靠近田岸去時便和你的眼鼻接近，而且遇著風浪，或是坐得稍不小心，就會船底朝天，發生危險，但是也頗有趣味，是水鄉的一種特色。」陳晝卿《海角行吟》中有詩題曰〈腳槳船〉，小注云：「船長丈許，廣三尺，坐臥容一身，一人坐船尾，以足踏槳行如飛，向惟越人用以狎潮渡江，今江淮人並用之以代急足。」這裡說明船的大小，可以作為補足，但還得添一句，即舟人用一槳一楫，無舵，以楫代之。船的容量雖小，但其危險卻並不在這小的一點上，因為還有一種划划船，更窄而淺，沒有船篷，不怕遇風傾覆，所以這小船的危險乃是因有篷而船身較高之故。在庚子的前一年，我往東浦去弔先君的保姆之喪，坐小船過大樹港，適值大風，望見水面波浪如白鵝亂竄，船在浪上顛簸起落，如走游木，舟人竭力支撐，駛入汊港，始得平定，據說如再顛一刻，不傾沒也將破散了。這種事情是常會有的，約十年後我的大姑母來家拜忌日，午後回吳融村去，小船遇風浪傾覆，遂以溺死。我想越人古來斷髮文身，入水與蛟龍鬥，幹慣了這些事，活在水上，死在水裡，本來是覺悟的，俗語所謂瓦罐不離井上破，是也。我們這班人有的是中途從別處遷移去的，有的雖是土著，經過二千餘年的歲月，未必能多少保存長頸鳥喙的氣象，可是在這地域內住了好久，如范少伯所說，黿鼉魚鱉之與處而蛙黽之與同睹，自然也就與水相習，養成了這一種態度。辛丑以後我在江南水師學堂做學生，前後六年不曾學過游泳，本來在魚雷學堂的旁邊有一個池，因為有兩個年幼的學生不慎淹死在裡邊，學堂總辦就把池填平了，等我進校的時候那地方已經改造了三間關帝廟，住著一個老更夫，據說是打長毛立過功的都司。我年假回鄉時遇見人問，你在水師當然是會游水吧。我回答說，不。為什麼呢？因為我們只是在船上時有用，若是落了水就不行了，還用得著游泳麼。這回答一半是滑稽，一半是實話，沒有這個覺悟怎麼能去坐那小船呢。

上邊我說在家鄉就只怕坐小船遇風，可是如今又似乎翻船並不在乎，那麼這風也不甚麼可畏了。其實這並不儘然。風總還是可怕的，不過水鄉的人既要以船為車，就不大顧得淹死與否，所以看得不嚴重罷了。除此以外，風在紹興就不見得有什麼討人嫌的地方，因為它並不揚塵，街上以至門內院子裡都是石板，刮上一天風也吹不起塵土來，白天只聽得鄰家的淡竹林的摩戛聲，夜裡北面樓窗的板門格登格登地作響，表示風的力量，小時候熟習的記憶現在回想起來，倒還覺得有點有趣。後來離開家鄉，在東京隨後在北京居住，才感覺對於風的不喜歡。本鄉三處的住宅都有板廊，夏天總是那麼沙泥粒屑，便是給風刮來的，赤腳踏上去覺得很不愉快，桌子上也是如此，伸紙攤書之前非得用手摸一下不可，這種經驗在北京還是繼續著，所以成了習慣，就是在不颳風的日子也會這樣做，北京還有那種蒙古風，仿佛與南邊的所謂落黃沙相似，刮得滿地滿屋的黃土，這土又是特別的細，不但無孔不入，便是用本地高麗紙糊好的門窗格子也擋不住，似乎能夠從那簾紋的地方穿透過去。平常大風的時候，空中呼呼有聲，古人云：「春風狂似虎」，或者也把風聲說在內，聽了覺得不很愉快。古詩有云，「白楊多悲風，蕭蕭愁殺人。」這蕭蕭的聲音我卻是歡喜，在北京所聽的風聲中要算是最好的。在前院的綠門外邊，西邊種了一棵柏樹，東邊種了一棵白楊，或者嚴格地說是青楊，如今實足過了廿五個年頭，柏樹才只拱把，白楊卻已長得合抱了。前者是常青樹，冬天看了也好看，後者每年落葉，到得春季長出成千上萬的碧綠大葉，整天地在搖動著，書本上說它無風自搖，其實也有微風，不過別的樹葉子尚未吹動，白楊葉柄特別細，所以就顫動起來了。戊寅以前老友餅齋常來寒齋夜談，聽見牆外瑟瑟之聲，輒驚問曰，下雨了吧，但不等回答，立即省悟，又為白楊所騙了。戊寅春初餅齋下世，以後不復有深夜談天的事，但白楊的風聲還是照舊可聽，從窗裡望見一大片的綠葉也覺得很好看。關於風的話現在可說的就只是這一點，大概風如不和水在一起這固無可畏，卻也就沒有什麼意思了。

一九四五年五月作

東昌坊故事

余家世居紹興府城內東昌坊口，其地素不著名，唯據山陰呂善報著《六紅詩話》，卷三錄有張宗子《快園道古》九則，其一云：

「蘇州太守林五磊素不孝，封公至署半月即勒歸，予金二十，命悍僕押其抵家，臨行乞三白酒數色亦不得，半途以氣死。時越城東昌坊有貧子薛五者，至孝，其父於冬日每早必赴混堂沐浴，薛五必攜熱酒三合禦寒，以二雞蛋下酒。袁山人雪堂作詩云：三合陳醑敵早寒，一雙雞子白團團，可憐蘇郡林知府，不及東昌薛五官。」又《毛西河文集》中題羅坤所藏呂潛山水冊子，起首云：

「壬子秋遇羅坤蔣侯祠下，屈指揖別東昌坊五年矣。」關於東昌坊的典故，在明末清初找到了兩個，也很可以滿意了。東昌坊口是一條東西街，南北兩面都是房屋，路南的屋後是河，西首架橋曰都亭橋，東則曰張馬橋，大抵東昌坊的區域便在此二橋之間。張馬橋之南曰張馬巷，亦云綢緞巷，北則是丁字路，迤東有廣思堂王宅，其地即土名廣思堂，不知其屬於東昌坊或覆盆橋也。都亭橋之南曰都亭橋下，稍前即是讓簷街，橋北為十字路，東昌坊口之名蓋從此出，往西為秋官第，往北則塔子橋，狙擊琶八之唐將軍廟及墓皆在此地。我於光緒辛丑往南京以前，有十四五年在那裡住過，後來想起來還有好些事情不能忘記，可以記述一點下來。從老家到東昌坊口大約隔著十幾家門面，這條路上的石板高低大小，下雨時候的水汪，差不多都還可想像，現在且只說十字路口的幾家店鋪吧。東南角的德興酒店是老鋪，其次是路北的水果攤與麻花攤，至於西南角的泰山堂藥店乃是以風水卜卦起家，綽號矮癩胡的申屠泉所開，算是暴發戶，不大有名望了。關於德興酒店，我的記憶最為深遠。我從小時候就記得我家與德興做賬，每逢忌日祭祀，常看見傭人拿了經摺子和酒壺去取摻水的酒來，隨後到了年節再酌量付還。我還記得有一回，大概是七八歲的時候，獨自一人走到德興去，在後邊雅座裡找著先君正和一位遠房堂伯在喝老酒。他們稱讚我能幹，分下酒的雞肫豆給我吃，那時的長方板桌與長凳，高腳的淺酒碗，裝下酒鹽豆等的黃沙粗碟，我都記得很清楚，雖然這些東西一時別無變化，後來也仍時常看見。連帶的使我不能忘記的是酒店所有的各種過酒胚，下酒的小吃，固然這不一定是德興所做的最好，不過那裡自然具備，我們的經驗也是從那裡得來的。雞肫豆與茴香豆都是其中重要的一種。七年前在〈記鹽豆〉的小文中曾說：

「小時候在故鄉酒店常以一文錢買一包雞肫豆，用細草紙包作纖足狀，內有豆可二三十粒，乃是黃豆鹽煮漉乾，軟硬得中，自有風味。」為什麼叫作雞肫豆呢？其理由不明了，大約為的是嚼著有點軟帶硬，仿佛像雞肫似的吧。茴香豆是用蠶豆，越中稱作羅漢豆所製，只是乾煮加香料，大茴香或是桂皮，也是一文錢起碼，亦可以說是為限，因為這種豆不曾聽說買上若干文，總是一文一把抓，夥計即酒店官他很有經驗，一手抓去數量都差不多，也就擺作一碟，雖然要幾碟或幾把自然也是自由。此外現成的炒洋花生、豆腐干、鹹豆豉等大略具備，但是說也奇怪，這裡沒有葷腥味，連皮蛋也沒有，不要說魚乾鳥肉了。本來這是賣酒附帶喝酒，與飯館不同，是很平民的所在，並不預備闊客的降臨，所以只有簡單的食品和樸陋的設備正相稱。上邊所說的這些豆類都似乎是零食，在供給酒客之外，一部分還是小孩們光顧買去，此外還有一兩種則是小菜類的東西，人家買去可以作臨時的下飯，也是很便利的事。其一名稱未詳，只是在陶缽內鹽水煮長條油豆腐，仿佛是一文錢一個，臨買時裝在碗裡，上面加上些紅辣椒醬。這製法似乎別無巧妙，不知怎的自己煮來總不一樣，想吃時還須得拿了碗到櫃上去買。其二名曰時蘿蔔，以蘿蔔帶皮切長條，用鹽略醃，再以紅霉豆腐鹵漬之，隨時取食。此皆是極平常的食物，然在素樸之中自有真味，而皆出自酒店店頭，或亦可見酒人之真能知味也。

東北角的水果攤其實也是一間店面，西南兩面開放，白天撤去排門，臺上擺著些水果，似攤而有屋，似店而無招牌店號，主人名連生，所以大家並其人與店稱之曰水果連生雲。平常是主婦看店，水果連生則挑了一擔水果，除沿街叫賣外，按時上各主顧家去銷售。這擔總有百十來斤重，挑起來很費氣力，所以他這行業是商而兼工的，有些主顧看見他把這一副沉重的擔子挑到內堂前，覺得不大好意思讓他原擔挑了出去，所以多少總要買他一點，無論是楊梅或是桃子。東昌坊距離大街很遠，就是大雲橋也不很近，臨時想買點東西只好上水果連生那裡去，其價錢較貴也可以說是無怪的。小時候認識一個南街的小破腳骨，自稱姜太公之後，他曾說水果連生所賣的水果是仙丹，所以那麼貴，又一轉而稱店主人曰華佗，因為仙丹當然只有華佗那裡發售。都亭橋下又有一家沒有招牌的店，出賣葷粥，後來改賣餛飩和麵，店更繁昌起來了。主人姓張，曾租住我家西邊餘屋，開棺材店多年，我的曾祖母是很嚴格的人，可是沒有一點忌諱，真很可佩服。我還記得牆上黑字寫著張永興字型大小，龍游壽枋等語。這張老闆一面做著壽材一面在住家製葷粥出售。葷粥一名肉骨頭粥，係從豬肉店買骨頭來煮粥，食時加蔥花小蝦米及醬油，每碗才幾文錢，價廉而味美，是平民的好食品，雖然紳士們不大肯屈尊光顧。我們和姜君常常去吃，有一天已經吃下大半碗去了的時候，姜君忽然正色問道，你們沒有放下什麼毒藥麼？這一句話問得張老闆的兒子、媳婦啞口無言，不知道怎麼問答才好，姜君乃徐徐說道，我怕你們兜攬那面的生意呢。店裡的人只好苦笑，這其實也是真的，假如感覺敏捷一點的人想到店主人的本業，心裡難免有這種疑問，不過不好說出來罷了。這葷粥的味道至今未能忘記，雖然這期間已經有了四十多年的間隔，上月收到長女的乳母訴苦的信，說米價每升已至三四千元，葷粥這種奢侈食品，想必早已沒有了吧。因為這樣的緣故，把多少年前的地方和情狀記錄一點下來，或者也不是全無意思的事。

乙酉七月四日

談文章

前幾時我在一篇文章裡曾經這樣說：「我不懂文學，但知道文章的好壞。」這句話看來難免有點誇大狂妄，實在也未必然，我所說的本是實話，只是少見婉曲，所以覺得似乎不大客氣罷了。不佞束髮受書於今已四十年，經過這麼長的歲月，猢猻種樹似的搬弄這些烏線裝書，假如還不能辨別得一點好壞，豈不是太可憐了麼？古董店裡當徒弟，過了三四年也該懂得一個大概，不至於把花石雕成的光頭人像看作玉佛了吧，可是我們的學習卻要花上十倍的工夫，真是抱愧之至。我說知道文章的好壞，仔細想來實在還是感慨係之矣。

文章這件古董會得看了，可是對於自己的做文章別無好處，不，有時不但無益而且反會有害。看了好文章，覺得不容易做，這自然也是一個理由，不過並不重大，因為我們本來不大有這種野心，想拿了自己的東西去和前人比美的。理由倒是在看了壞文章，覺得很容易做成這個樣子，想起來實在令人掃興。雖然前車既覆來軫方遒，在世間原是常有的事，比美比不過，就同你比醜，此醜文之所以不絕跡於世也。但是這也是一種豪傑之士所為，若是平常人未必有如此熱心，自然多廢然而返了。譬如泰西豪傑以該撒威廉為理想，我也不必再加臧否，只看照相上鼓目咧嘴的樣子便不大喜歡，假如做豪傑必須做出那副嘴臉，那麼我就有點不願意做，還是仍舊當個小百姓好，雖然明知生活要吃苦，說也不難看，蓋有大志而顯醜態或者尚可補償，凡人則不值得如此也。

做文章最容易犯的毛病其一便是作態，犯時文章就壞了。我看有些文章本來並不壞的，他有意思要說，有詞句足用，原可好好地寫出來，不過這裡卻有一個難關。文章是個人所寫，對手卻是多數人，所以這與演說相近，而演說更與做戲相差不遠。演說者有話想說服大眾，然而也容易反為大眾所支配，有一句話或一舉動被聽眾所賞識，常不免無意識地重演，如拍桌說大家應當衝鋒，得到鼓掌與喝彩，下面便怒吼說大家不可不衝鋒不能不衝鋒，拍桌使玻璃杯都蹦跳了。這樣引導聽眾的演說與娛樂觀眾的做戲實在已沒有多大區別。我是不懂戲文的，但聽人家說好的戲子也並不是這樣演法，他有自己的規矩，不肯輕易屈己從人。小時候聽長輩談故鄉的一個戲子的軼事，他把徒弟教成功了，叫他上臺去演戲的時候，吩咐道：你自己演唱要緊，戲臺下鼻孔像煙筒似的那班傢伙你千萬不要去理他。

鄉間戲子有這樣見識，可見他對於自己的技術確有自信，賢於一般的政客文人矣。我讀古今文章，往往看出破綻，這便是說同演說家一樣，仿佛聽他榨扁了嗓子在吼叫了，在拍桌了，在怒目厲齒了，種種怪相都從紙上露出來，有如圓光似的，所不同者我並不要念咒畫符，只需揭開書本子來就成了。文人在書房裡寫文章，心目卻全注在看官身上，結果寫出來的儘管應有盡有，卻只缺少其所本有耳。這裡只抽象地說，我卻見過好些實例，觸目驚心，深覺得文章不好寫，一不小心便會現出醜態來，即使別無卑鄙的用意，也是很不好看。我們自己可以試驗了看，如有幾個朋友談天，談到興高采烈的時候各人都容易乘興而言，即不失言也常要口氣加重致超過原意之上，此種經驗人人可有，移在文章上便使作者本意迷糊，若再有趨避的意識那就成為醜態，雖然跡甚隱微，但在略識古董的夥計看去則固顯然可知也。往往有舉世推尊的文章我看了胸中作惡，如古代的韓退之即其一也。因有前車之鑒，使我更覺文章不容易寫，但此事於我總是一個好教訓，實際亦有不少好處耳。

乙酉九月

石板路

石板路在南邊可以說是習見的物事，本來似乎不值得提起來說，但是住在北京久了，現在除了天安門前的一段以外，再也見不到石路，所以也覺似有點稀罕。南邊石板路雖然普通，可是在自己最為熟悉，也最有興趣的，自然要算是故鄉的，而且還是三十年前那時候的路，因為我離開家鄉就已將三十年，在這中間石板恐怕都已變成了粗惡的馬路了吧。案《寶慶會稽續志》卷一〈街衢〉云：

「越為會府，衢道久不修治，遇雨泥淖幾天沒膝，往來病之。守汪綱亟命計置工石，所至繕砌，浚治其湮塞，整齊其嶔崎，除衖陌之穢汙，復河渠之便利，道塗堤岸，以至橋梁，靡不加葺，坦夷如砥，井裡嘉嘆。」《乾隆紹興府志》卷七引〈康熙志〉云：

「國朝以來衢路益修潔，自市門至委巷，粲然皆石甃，故海內有天下紹興街之謠。然而生齒日繁，闤闠充斥，居民日夕侵佔，以廣市廛，初聯接飛簷，後竟至丈餘，為居貨交易之所，一人作俑，左右效尤，街之存者僅容車馬。每遇雨霽雪消，一線之徑，陽焰不能射入，積至五六日猶泥濘，行者苦之。至冬殘歲晏，鄉民雜遝，到城貿易百物，肩摩趾躡，一失足則腹背為人蹂躪。康熙六十年知府俞卿下令辟之，以石牌坊中柱為界，使行人足以往來。」查志載汪綱以宋嘉定十四年權知紹興府，至清康熙六十年整整是五百年，那街道大概就一直整理得頗好，又過二百年直到清末還是差不多。我們習慣了也很覺得平常，原來卻有天下紹興街之謠，這是在現今方才知道。小時候聽唱山歌，有一首云：

知了喳喳叫，
石板兩頭翹，
懶惰女客困盱覺

知了即是蟬的俗名，盛夏蟬鳴，路上石板都熱得像木板晒乾，兩頭翹起。又有歌述女僕的生活，主人乃是大家，其門內是一塊石板到底。由此可知在民間生活上這石板是如何普遍，隨處出現。我們又想到七星岩的水石宕，通稱東湖的繞門山，都是從前開採石材的遺跡，在繞門山左近還正在採鑿著，整座的石山就要變成平地，這又是別一個證明。普通人家自大門內凡是走路一律都是石板，房內用磚鋪地，或用大方磚名曰地平，貧家自然也多只是泥地，但凡路必用石，即使在小村裡也有一條石板路，闊只二尺，僅夠行走。至於城內的街無不是石，年久光滑不便於行，則鑿去一層，雨後即著舊釘鞋行走其上亦不虞顛僕，更不必說穿草鞋的了。街市之雜遝仍如舊志所說，但店家侵佔並不多見，只是在大街兩邊就店外擺攤者極多，大抵自軒亭口至江橋，幾乎沿路接連不斷，中間空路也就留存得有限，從前越中無車馬，水行用船，陸行用轎，所以如改正舊文，當云僅容肩輿而已。這些擺攤的當然有好些花樣，不曉得如今為何記不清楚，這不知究竟是為了年老健忘，還是嘴饞眼饞的緣故，記得最明白的卻是那些水果攤子，滿臺擺滿了秋白梨和蘋果，一堆一角小洋，商人大張著嘴在那裡嚷著叫賣。這種呼聲也很值得記錄，可惜也忘記了，只記得一點大意。石天基《笑得好》中有一則笑話，題目是〈老虎詩〉其文曰：

「一人向眾誇說，我見一首虎詩，作得極好極妙，止得四句詩，便描寫已盡。傍人請問，其人曰，頭一句是甚的甚的虎，第二句是甚的甚的苦，傍人又曰，既是上兩句忘了，可說下兩句罷。其人仰頭想了又想，乃曰，第三句其實忘了，還虧第四句記得明白，是很得很的意思。」市聲本來也是一種歌謠，失其詞句，只存意思，便與這老虎詩無異。叫賣的說東西賤，意思原是尋常，不必多來記述，只記得有一個特殊的例：賣秋白梨的大漢叫賣一兩聲，頻高呼曰，來馱哉，來馱哉，其聲甚急迫。這三個字本來也可以解為請來拿吧，但從急迫的聲調上推測過去，則更像是警戒或告急之詞，所以顯得他很是特別。他的推銷法亦甚積極，如有長衫而不似寒酸或嗇刻的客近前，便云：拿幾堆去吧。不待客人說出數目，已將臺上兩個一堆或三個一堆的梨頭用右手攪亂歸併，左手即抓起竹絲所編三文一隻的苗籃來，否則亦必取大荷葉卷成漏斗狀，一堆兩堆地盡往裡裝下去。客人連忙阻止，並說出需要的堆數，早已來不及，普通的顧客大抵不好固執，一定要他從荷葉包裡拿出來再擺好在臺上，所以只阻止他不再加入，原要兩堆如今已是四堆，也就多花兩個角子算了。俗語云：搵賣情銷，上邊所說可以算作一個實例。路邊除水果外一定還有些別的攤子，大概因為所賣貨色小時候不大親近，商人又不是那麼大嚷大叫，所以不大注意，至今也就記不起來了。

與石板路有關聯的還有那石橋。這在江南是山水風景中的一個重要分子，在畫面上可以時常見到。紹興城裡的西邊自北海橋以次，有好些大的圓洞橋，可以入畫，老屋在東郭門內，近處便很缺少了，如張馬橋、都亭橋、大雲橋、塔子橋、馬梧橋等，差不多都只有兩三級，有的還與路相平，底下只可通小船而已。禹跡寺前的春波橋是個例外，還是小圓洞橋，但其下可以通行任何烏篷船，石板也當有七八級了。雖然凡橋雖低而兩欄不是牆壁者，照例總有天燈用以照路，不過我所明瞭記得的卻又只是春波橋，大約因為橋較大，天燈亦較高的緣故吧。這乃是一支木杆高約丈許，橫木上著板製人字屋脊，下有玻璃方龕，點油燈，每夕以繩上下懸掛。翟晴江《無不宜齋稿》卷一〈甘棠村雜詠〉之十七詠天燈云：「冥冥風雨宵，孤燈一杠揭。螢光散空虛，燦逾田燭設。夜間歸人稀，隔林自明滅。」這所說是杭州的事，但大體也是一樣。在民國以前，屬於慈善性的社會事業，由民間有志者主辦，到後來恐怕已經消滅了吧。其實就是在那時候，天燈的用處大半也只是一種裝點，夜間走路的人除了夜行人外，總須得自攜燈籠，單靠天燈是決不夠的。拿了「便行」燈籠走著，忽見前面低空有一點微光，預告這裡有一座石橋了，這當然也是有益的，同時也是有趣味的事。

三十四年十二月二日記，時正聞驢鳴

南北的點心

中國地大物博，風俗與土產隨地各有不同，因為一直缺少人記錄，有許多值得也是應該知道的事物，我們至今不能知道清楚，特別是關於衣食住的事項。我這裡只就點心這個題目，依據淺陋所知，來說幾句話，希望　磚引玉，有旅行既廣、遊歷又多的同志們，從各方面來報導出來，對於愛鄉愛國的教育，或者也不無小補吧。

我是浙江東部人，可是在北京住了將近四十年，因此南腔北調，對於南北情形都知道一點，卻沒有深厚的了解。據我的觀察來說，中國南北兩路的點心，根本性質上有一個很大的區別，簡單地下一句斷語，北方的點心是常食的性質，南方的則是閒食。我們只看北京人家做餃子餛飩麵總是十分茁實，餡決不考究；而用芝麻醬拌，最好也只是炸醬；饅頭全是實心。本來是代飯用的，只要吃飽就好，所以並不求精。若是回過來走到東安市場，往五芳齋去叫了來吃，儘管是同樣名稱，做法便大不一樣，別說蟹黃包子、雞肉餛飩，就是一碗三鮮湯麵，也是精細鮮美的，可是有一層，這決不可能吃飽當飯，一則因為價錢比較貴，二則昔時無此習慣。抗戰以後上海也有陽春麵，可以當飯了，但那是新時代的產物，在老輩看來，是不大可以為訓的。我母親如果在世，已有一百歲了，她生前便是絕對不承認點心可以當飯的，有時生點小毛病，不喜吃大米飯，遂叫家裡做點餛飩或麵來充饑，即使一天裡仍然吃過三回，她卻總說今天胃口不開，因為吃不下飯去，因此可以證明那餛飩和麵都不能算是飯。這種論斷，雖然有點兒近於武斷，但也可以說是有客觀的佐證，因為南方的點心是閒食，做法也是趨於精細鮮美，不取茁實一路的。上文五芳齋固然是很好的例子，我還可以再舉出南方做烙餅的方法來，更為具體，也有意思。我們故鄉是在錢塘江的東岸，那裡不常吃麵食，可是有烙餅這事，這裡要注意的，是烙不讀作老字音，乃是「洛」字入聲，又名為山東餅，這證明原來是模仿大餅而作的，但是烙法卻大不相同了。鄉間賣餛飩麵和饅頭都分別有專門的店鋪，唯獨這烙餅只有攤，而且也不是每天都有，這要等到哪裡有社戲，才有幾個擺在戲臺附近，供看戲的人買吃，價格是每個制錢三文，計油條價二文，蔥醬和餅只要一文罷了。做法是先將原本兩折的油條扯開，改作三折，在熬盤上烤焦，同時在預先做好的直徑約二寸、厚約一分的圓餅上，滿搽紅醬和辣醬，撒上蔥花，卷在油條外面，再烤一下，就做成了。它的特色是油條加蔥醬烤過，香辣好吃，那所謂餅只是包裹油條的東西，乃是客而非主，拿來與北方原來的大餅相比，厚大如茶盤，卷上黃醬大蔥，大嚼一張，可供一飽，這裡便顯出很大的不同來了。

上邊所說的點心偏於麵食一方面，這在北方本來不算是閒食吧。此外還有一類乾點心，北京稱為餑餑，這才當作閒食，大概與南方則無什麼差別。但是這裡也有一點不同，據我的考察，北方的點心歷史古，南方的歷史新，古者可能還有唐宋遺制，新的只是明朝中葉吧。點心鋪招牌上有常用的兩句話，我想借來用在這裡，似乎也還適當，北方可以稱為「官禮茶食」，南方則是「嘉湖細點」。

我們這裡且來作一點煩瑣的考證，可以多少明白這時代的先後。查清顧張思的《土風錄》卷六，「點心」條下云：「小食曰點心，見吳曾《漫錄》。唐鄭為江淮留後，家人備夫人晨饌，夫人謂其弟曰：『治妝未畢，我未及餐，爾且可點心。』僕請備夫人點心，詬曰：『適已點心，今何得又請！』」由此可知點心古時即是晨饌。同書又引周輝《北轅錄》云：「洗漱冠櫛畢，點心已至。」後文說明點心中饅頭餛飩包子等，可知是說的水點心，在唐朝已有此名了。茶食一名，據《土風錄》云：「乾點心曰茶食，見宇文懋昭《金志》：『婿先期拜門，以酒饌往，酒三行，進大軟脂小軟脂，如中國寒具，又進蜜糕，人各一盤，曰茶食。』《北轅錄》云：金國宴南使，未行酒，先設茶筵，進茶一盞，謂之茶食。」茶食是喝茶時所吃的，與小食不同，大軟脂，大抵有如蜜麻花、蜜糕則明係蜜餞之類了。從文獻上看來，點心與茶食兩者原有區別，性質也就不同，但是後來早已混同了，本文中也就混用，那招牌上的話也只是利用現代文句，茶食與細點作同意語看，用不著再分析了。

我初到北京來的時候，隨便在餑餑鋪買點東西吃，覺得不大滿意，曾經埋怨過這個古都市，積聚了千年以上的文化歷史，怎麼沒有做出些好吃的點心來。老實說，北京的大八件小八件，儘管名稱不同，吃起來不免單調，正和五芳齋的前例一樣，東安市場內的稻香村所做南式茶食，並不齊備，但比起來也顯得花樣要多些了。過去時代，皇帝向在京裡，他的享受當然是很豪華的，卻也並不曾創造出什麼來，北海公園內舊有「仿膳」，是前清膳房的做法，所做小點心，看來也是平常，只是做得小巧一點而已。南方茶食中有些東西，是小時候熟悉的，在北京都沒有，也就感覺不滿足，例如糖類的酥糖、麻片糖、寸金糖，片類的雲片糕、椒桃片、松仁片，軟糕類的松子糕、棗子糕、蜜仁糕、橘紅糕等，此外有纏類，如松仁纏、核桃纏，乃是在乾果上包糖，算是上品茶食，其實倒並不怎麼好吃。南北點心粗細不同，我早已注意到了，但這是怎麼一個系統，為什麼有這差異？那我也沒有法子去查考，因為孤陋寡聞，而且關於點心的文獻，實在也不知道有什麼書籍。但是事有湊巧，不記得是哪一年，或者什麼原因了，總之見到幾件北京的舊式點心，平常不大碰見，樣式有點別致的，這使我恍然大悟，心想這豈不是在故鄉見慣的「官禮茶食」麼？故鄉舊式結婚後，照例要給親戚本家分「喜果」，一種是乾果，計核桃、棗子、松子、榛子，講究的加荔枝、桂圓。又一種是乾點心，記不清它的名字。查范寅《越諺・飲食門》下，記有金棗和瓏纏豆兩種，此外我還記得有佛手酥、菊花酥和蛋黃酥三種。這種東西，平時不通銷，店鋪裡也不常備，要結婚人家訂購才有，樣子雖然不差，但材料不大考究，即使是可以吃得的佛手酥，也總不及紅綾餅或梁湖月餅，所以喜果送來，只供小孩們胡亂吃一陣，大人是不去染指的。可是這類喜果卻大抵與北京的一樣，而且結婚時節非得使用不可。雲片糕等雖是比較要好，卻是決不使用的。這是什麼理由？這一類點心是中國舊有的，歷代相承，使用於結婚儀式。一方面時勢轉變，點心上發生了新品種，然而一切儀式都是守舊的，不輕易容許改變，因此即使是送人的喜果，也有一定的規矩，要定做現今市上不通行了的物品來使用。同是一類茶食，在甲地尚在通行，在乙地已出了新的品種，只留著用於「官禮」，這便是南北點心情形不同的緣因了。

上文只說得「官禮茶食」，是舊式的點心，至今流傳於北方。至於南方點心的來源，那還得另行說明。「嘉湖細點」這四個字，本是招牌和仿單上的口頭禪，現在正好借用過來，說明細點的來源。因為據我的了解，那時期當為前明中葉，而地點則是東吳西浙，嘉興湖州正是代表地方。我沒有文書上的資料，來證明那時吳中飲食豐盛奢華的情形，但以近代蘇州飲食風靡南方的事情來作比，這裡有點類似。明朝自永樂以來，政府雖是設在北京，但文化中心一直還是在江南一帶。那裡官紳富豪生活奢侈，茶食一類就發達起來。就是水點心，在北方作為常食的，也改做得特別精美，成為以賞味為目的的閒食了。這南北兩樣的區別，在點心上存在得很久，這裡固然有風俗習慣的關係，一時不易改變；但在「百花齊放」的今日，這至少該得有一種進展了吧。其實這區別不在於質而只是量的問題，換一句話即是做法的一點不同而已。我們前面說過，家庭的雞蛋炸醬麵與五芳齋的三鮮湯麵，固然是一例。此外則有大塊粗製的窩窩頭，與「仿膳」的一碟十個的小窩窩頭，也正是一樣的變化。北京市上有一種愛窩窩，以江米煮飯搗爛（即是糍粑）為皮，中裹糖餡，如元宵大小。李光庭在《鄉言解頤》中說明它的起源云：相傳明世中富有嗜之者，因名曰御愛窩窩，今但曰愛而已。這裡便是一個例證，在明清兩朝裡，窩窩頭一件食品，便發生了兩個變化。本來常食閒食，都有一定習慣，不易輕輕更變，在各處都一樣是閒食的乾點心則無妨改良一點做法，做得比較精美，在人民生活水準日益提高的現在，這也未始不是切合實際的事情吧。

國內各地方，都富有不少有特色的點心，就只因為地域所限，外邊人不能知道，我希望將來不但有人多多報導，而且還同土產果品一樣，陸續輸到外邊來，增加人民的口福。

（一九五六年七月作）

水鄉懷舊

住在北京很久了，對於北方風土已經習慣，不再懷念南方的故鄉了，有時候只是提起來與北京比對，結果卻總是相形見絀，沒有一點兒誇示的意思。譬如說在冬天，民國初年在故鄉住了幾年，每年腳裡必要生凍瘡，到春天才脫一層皮，到北京後反而不生了，但是腳後跟的斑痕四十年來還是存在。夏天受蚊子的圍攻，在南方最是苦事，白天想寫點東西只有在蚊煙的包圍中，才能勉強成功，但也說不定還要被咬上幾口，北京便是夜裡我也是不掛帳子的。但是在有些時候，卻也要記起它的好處來的，這第一便是水。因為我的故鄉是在浙東，乃是有名的水鄉，唐朝杜荀鶴送人遊吳的詩裡說：

君到姑蘇見，人家盡枕河。
古宮閒地少，水港小橋多。

他這裡雖是說的姑蘇，但在別一首裡說：「去越從吳過，吳疆與越連。」這話是不錯的，所以上邊的話可以移用，所謂「人家盡枕河」，實在形容得極好。北京照例有春旱，下雪以後絕不下雨，今年到了六月還沒有透雨，或者要等到下秋雨了吧。在這樣乾巴巴的時候，雖是常有的幾乎是每年的事情，便不免要想起那「水港小橋多」的地方有些事情來了。

在水鄉的城裡是每條街幾乎都有一條河平行著，所以到處有橋，低的或者只有兩三級，橋下才通行小船，高的便有六七級了。鄉下沒有這許多橋，可是汊港紛歧，走路就靠船隻，等於北方的用車，有錢的可以專雇，工作的人自備有「出阪」船，一般普通人只好乘公共的通航船隻。這有兩種，其一名曰埠船，是走本縣近路的，其二曰航船，走外縣遠路，大抵夜裡開，次晨到達。埠船在城裡有一定的埠頭，早上進城，下午開回去，大抵水陸六七十里，一天裡可以打來回的，就都稱為埠船，埠船總數不知道共有多少，大抵中等的村子總有一隻，雖是私人營業，其實可以算是公共交通機關，魯迅短篇小說集《彷徨》裡有一篇講離婚的小說，說莊木三帶領他的女兒往龐莊找慰老爺去，即是坐了埠船去的，但是他在那裡使用國語稱作航船，小說又重在描畫人物，關於埠船的東西沒有什麼描寫。

這是一種白篷的中型的田莊船，兩旁直行鑲板，並排坐人，中間可以擱放物件。船錢不過一二十文吧，看路的遠近，也不一定。鄉村的住戶是固定的，彼此都是老街坊，或者還是本家，上船一看乘客差不多是熟人，坐下就聊起天來，這裡的空氣與那遠路多是生客的航船便很有點不同。航船走的多是從前的驛路，終點即是驛站，它的職業是送往迎來的事，埠船卻辦著本村的公用事業，多少有點給地方服務的意思，不單是營業，它不但搭客上下，傳送信件，還替村裡代辦貨物，無論是一斤麻油、一尺鞋面布，或是一斤淮蟹，只要店鋪裡有的，都可以替你買來，他們也不寫賬，回來時只憑著記憶，這是三六叔的旱煙五十六文，這是七斤嫂的布六十四文，一件都不會遺漏或是錯誤，它載人上城，並且還代人跑街，這是很方便的事，但是也或者有人，特別是太太們，要嫌憎買的不很稱心，那麼只好且略等候，等「船店」到來的時候，自己買了。城市裡本有貨郎擔，挑著擔子，手裡搖著一種雅號「驚閨」或是「喚嬌娘」的特製的小鼓，方言稱之為「袋絡擔」，據孫德祖的《寄龕乙志》卷四裡說：「貨郎擔越中謂之袋絡擔，是貨什雜布帛及絲線之屬，其初蓋以絡索擔囊橐衒且售，故云。」後來卻是用藤竹織成，疊起來很高的一種箱擔了，但在水鄉大約因為行走不便，所以沒有，卻有一種便於水行的船店出來，來彌補這個缺撼。這外觀與普通的埠船沒有什麼不同，平常一個人搖著櫓，到得行近一個村莊，船裡有人敲起小鑼來，大家知道船店來了，一哄地出到河岸頭，各自買需要的東西，大概除柴米外，別的日用品都可以買到，有洋油與洋燈罩，也有苧麻鞋面布和洋頭繩，以及絲線。這是舊時代的辦法，其實卻很是有用的。我看見過這種船店，乘過這種埠船，還是在民國以前，時間經過了六十年，可能這些都已沒有了也未可知，那麼我所追懷的也只是前塵夢影了吧。不過如我上文所說，這些辦法雖舊，用意卻都是好的，近來在報上時常看見，有些售貨員努力到山鄉裡去送什貨，這實在即是開船店的意思，不過更是辛勞罷了。

一九六三年八月

冬天的麻雀

我們住房的前面是一個院子，窗外東邊是一株半枯的丁香和一叢黃刺梅，西邊稍遠是一棵槐樹，雖在初春還是光光的樹枝，同冬天一個樣子，顯得很是寂寞。院子裡養著兩隻雞，原是一公一母，可是母的是油雞，公的卻是來杭雞，因為當初本有十幾隻小雞，內有來杭雞與油雞兩種，經野貓與家貓的侵略，逐漸減少，等到把家貓送了人，野貓趕走了的時候，剩下來的小雞也就只有這兩隻了。它們宿在院子西北隅的一個柳條簍內，白天在階下啄食，每到相當時候如不給撒點紅高粱之類，公雞便會飛上窗沿來，看裡邊的人為什麼那麼怠惰，還有一群揩油的麻雀，常停在黃刺梅叢中等候，這時也有一兩隻飛進門來，碰著玻璃發出聲響。公雞平常見了貓和小孩子要追了去啄或是腳踢，對於麻雀卻並不排斥，讓它們一同吃著，有人開門出去，麻雀才成陣地逃去，但仍舊坐在黃刺梅枝上，看人也頗信任似的，大概諒解主人們是無心機的吧。那些麻雀似乎相當肥胖，想必每天要分去好些雞的口糧，鄉下有俗語云，「只要年成熟，麻鳥吃得幾顆穀。」雖是舊思想，也說得不無理由。麻雀吃了些食料，既不會生蛋，我們也不想吃它的肉，自然是白吃算了，可是它們平時分別在簷前樹上或飛或坐，任意鳴叫，嘰嘰喳喳的雖然不成腔調，卻也好聽，特別是在這時候彷彿覺得春天已經來了，比籠養著名貴的鳴禽聽了更有意思。

我前年在上海居於橫浜河畔，自冬徂夏有半年多，卻不曾見到幾隻麻雀，即此一端，我也覺得北京要比上海為好了。

種花和種菜

小時候我們種過些花，雖然不是什麼奇花異卉，或是花譜上有名的品種，只是極普通的野花，然而有一種天然的生趣，仿佛是市井的花所沒有的。平常人家一定養一盆據說能辟火燭的萬年青，其次種幾株天竹，這與萬年青同樣的結有鮮紅的果實，因此說有同樣的功用。這些必備的東西以外，我們家裡有盆文竹，因為是父親的手植遺愛，所以加以愛護，其實這並沒有什麼好看，只取其細碎一片，有小竹院子之意思，覺得好玩而已。

覺得有興趣的是拔野花來種，大都是不經人培養的，主要是「老勿大」和映山紅，《花鏡》上有記錄叫作「平地木」，和普通所謂羊躑躅。這都在山上野生，要去拔來種，平常沒有機會，便只可趁上墳的時候了。平地木是長兩三寸的小樹，樹葉常綠，開白花結子如天竹，多者每顆四五粒，不過在山中時至多也只有兩三粒罷了。因為名稱的關係，民間相傳它是滋補的，根可以當藥，但是我們只因為它好看，當作玩賞植物來看而已。映山紅是普通的植物，但是平常不易得，因為在山雷根株很大，每年當柴火砍掉，長出來的嫩枝很細，往往無從下手，所以變得名貴難得了。此外有一種黃色的羊躑躅，俗名牛郎花，是有毒的，雖是難得，種的人也就少了。

種花的興趣，第一還是在於自己去找來，若是平常向人家要來，或是出錢買來的東西，比較差得多了。就是先人所留下的，也並不感覺有趣，雖然特別尊重一點也是有的。自己從山裡得來的植物，有它一段發現的歷史，鮮紅的花從葉叢中顯露出來，或者紅潤的珠子似的果實兩個三個露臉，保留當時的驚喜。還有拔取的時候，也很費好些氣力，說不定便拔不到根，一下子就拔斷了，明明有著很好的枝葉和果實，卻沒有根可以種活。拔平地木的時候最為困難，往往十株難得兩三株好的，因此能夠種植倍覺可以珍重。至於要幾株黃瓜秧和茄子，自加種植，夏天早晨起巡視一趟，看黃瓜長成大條，像海參似的壯大，茄子可以飯裡焐熟了，撕了做菜，那又是別有一種興趣。這與上面所說的情形不一樣，但也可以說是有點相近，都是由於出自自己的努力這一點吧。

臺灣版後記

為重寫中國兒童文學史做準備

眉睫（簡體版書系策畫）

二〇一〇年，欣聞俞曉群先生執掌海豚出版社。時先生力邀知交好友陳子善先生參編海豚書館系列，而我又是陳先生之門外弟子，於是陳先生將我點校整理的梅光迪講義《文學概論》（後改名《文學演講集》）納入其中，得以出版。有了這個因緣，我冒昧向俞社長提出入職工作的請求。俞社長看重我對現代文學、兒童文學研究的能力，將我招入京城，並請我負責《豐子愷全集》和中國兒童文學經典懷舊系列的出版工作。

俞曉群先生有著濃厚的人文情懷，對時下中國童書缺少版本意識，且缺少人文氣質頗不以為然。我對此表示贊成，並在他的理念基礎上深入突出兩點：一是以兒童文學作品為主，尤其是以民國老版本為底本，二是深入挖掘現有中國兒童文學史沒有提及或提到不多，但比較重要的兒童文學作品。所以這套「大家小書」，頗有一些「中國現代兒童文學史參考資料叢書」的味道。此前上海書店出版社曾以影印版的形式推出「中國現代文學史參考資料叢書」，影響巨大，為推動中國現代文學研究做了突出貢獻。兒童文學界也需要這麼一套作品集，但考慮到兒童讀物的特殊性，影印的話讀者太少，只能改為簡體橫排了。但這套書從一開始的策劃，就有為重寫中國兒童文學史做準備的想法在裡面。

為了讓這套書體現出權威性，我讓我的導師、中國第一位格林獎獲得者蔣風先生擔任主編。蔣先生對我們的做法表示相當地贊成，十分願意擔任主編，但他畢竟年事已高，不可能參與具體的工作，只能以書信的方式給我提了一些想法，我們採納了他的一些建議。書目的選擇，版本的擇定主要是由我來完成的。總序也由我草擬初稿，蔣先生稍作改動，然後就「經典懷舊」的當下意義做了闡發。可以說，我與蔣老師合寫的「總序」是這套書的綱領。

什麼是經典？「總序」說：「環顧當下圖書出版市場，能夠隨處找到這些經典名著各式各樣的新版本。遺憾的是，我們很難從中感受到當初那種閱讀經典作品時的新奇感、愉悅感、崇敬感。因為市面上的新版本，大都是美繪本、青少版、刪節版，甚至是粗糙的改寫本或編寫本。不少編輯和編者輕率地刪改了原作的字詞、標點，配上了與經典名著不甚協調的插圖。我想，真正的經典版本，從內容到形式都應該是精緻的、典雅的，書中每個角落透露出來的氣息，都要與作品內在的美感、精神、品質相一致。於是，我繼續往前回想，記憶起那些經典名著的初版本，或者其他的老版本——我的心不禁微微一震，那裡才有我需要的閱讀感覺。」在這段文字裡，蔣先生主張給少兒閱讀的童書應該是真正的經典，這是我們出版本套書系所力圖達到的。第一輯中的《稻草人》依據的是民國初版本、許敦谷插圖本的原著，這也是一九四九年以來第一次出版原版的《稻草人》。至於解放後小讀者們讀到的《稻草人》都是經過了刪改的，作品風致差異已經十分大。俞平伯的《憶》也是從文津街國家圖書館古籍館中找出一九二五年版的原著來進行重印的。我們所做的就是為了原汁原味地展現民國經典的風格、味道。

什麼是「懷舊」？蔣先生說：「懷舊，不是心靈無助的漂泊；懷舊也不是心理病態的表徵。懷舊，能夠使我們憧憬理想的價值；懷舊，可以讓我們明白追求的意義；懷舊，也促使我們理解生命的真諦。它既可讓人獲得心靈的慰藉，也能從中獲得精神力量。」一些具有懷舊價值、經典意義的著作於是浮出水面，比如孤島時期最富盛名的兒童文學大家蘇蘇（鍾望陽）的《新木偶奇遇記》；大後方為少兒出版做出極大貢獻的司馬文森的《菲菲島夢遊記》，都已經列入了書系第二批順利問世。第三批中的《小哥兒倆》（淩叔華）《橋（手稿本）》（廢名）《哈巴國》（范泉）《小朋友文藝》（謝六逸）等都是民國時期膾炙人口的大家作品，所使用的插圖也是原著插圖，是黃永玉、陳煙橋、刃鋒等著名畫家作品。

中國作家協會副主席高洪波先生也支持本書系的出版，關露的《蘋果園》就是他推薦的，後來又因丁景唐之女丁言昭的幫助而解決了版權。這些民國的老經典，因為歷史的原因淡出了讀者的視野，成為當下讀者不曾讀過的經典。然而，它們的藝術品質是高雅的，將長久地引起世人的「懷舊」。

經典懷舊的意義在哪裡？蔣先生說：「懷舊不僅是一種文化積澱，它更為我們提供了一種經過時間發酵釀造而成的文化營養。它對於認識、評價當前兒童文學創作、出版、研究提供了一份有價值的參照系統，體現了我們對它們的批判性的繼承和發揚，同時還為繁榮我國兒童文學事業提供了一個座標、方向，從而順利找到超越以往的新路。」在這裡，他指明了「經典懷舊」的當下意義。事實上，我們的本土少兒出版是日益遠離民國時期宣導的兒童本位了。相反地，上世紀二三十年代的一些精美的童書，為我們提供了一個座標。後來因為歷史的、政治的、學術的原因，我們背離了這個民國童書的傳統。因此我們正在努力，力爭推出真正的「經典懷舊」，打造出屬於我們這個時代的真正的經典！

但經典懷舊也有一些缺憾，這種缺憾一方面是識見的限制，一方面是因為審稿意見不一致。起初我們的一位做三審的領導，缺少文獻意識，按照時下的編校規範對一些字詞做了改動，違反了「總序」的綱領和出版的初衷。經過一段時間磨合以後，這套書才得以回到原有的設想道路上來。

欣聞臺灣將引入這套叢書，我想這對於臺灣人民了解大陸的兒童文學是有幫助的。林文寶先生作為臺灣版的序言作者，推薦我撰寫後記，我謹就我所知，記述於上。希望臺灣的兒童文學研究者能夠指出本書的不足，研究它們的可取之處，為重寫兩岸的中國兒童文學史做出有益的貢獻。

二〇一七年十月於北京

眉睫，原名梅杰，曾任海豚出版社策劃總監，現任長江少年兒童出版社首席編輯。主持的國家出版工程有《中國兒童文學走向世界精品書系》（中英韓文版）、《豐子愷全集》《民國兒童文學教育資料及研究》，主編《林海音兒童文學全集》《冰心兒童文學全集》《豐子愷兒童文學全集》《老舍兒童文學全集》等數百種兒童讀物。二〇一四年度榮獲「中國好編輯」稱號。著有《朗山筆記》《關於廢名》《現代文學史料探微》《文學史上的失蹤者》，編有《許君遠文存》《梅光迪文存》《綺情樓雜記》等等。

民國時期經典童書 A0801031

故鄉的野菜

作　　者　周作人
版權策劃　李　鋒

發 行 人　林慶彰
總 經 理　梁錦興
總 編 輯　張晏瑞
編 輯 所　萬卷樓圖書(股)公司
臺北市羅斯福路二段 41 號 6 樓之 3
電話 (02)23216565
傳真 (02)23218698

出　　版　昌明文化有限公司
桃園市龜山區中原街 32 號
電　　話 (02)23216565
發　　行　萬卷樓圖書(股)公司
臺北市羅斯福路二段 41 號 6 樓之 3
電話 (02)23216565
傳真 (02)23218698
電郵 SERVICE@WANJUAN.COM.TW
香港經銷
香港聯合書刊物流有限公司
電話 (852)21502100
傳真 (852)23560735

ISBN 978-986-496-117-7
2018 年 2 月初版一刷
定價：新臺幣 260 元

如何購買本書：
1. 劃撥購書，請透過以下帳號
帳號：15624015
戶名：萬卷樓圖書股份有限公司
2. 轉帳購書，請透過以下帳戶
合作金庫銀行 古亭分行
戶名：萬卷樓圖書股份有限公司
帳號：0877717092596
3. 網路購書，請透過萬卷樓網站
網址 WWW.WANJUAN.COM.TW
大量購書，請直接聯繫，將有專人為您服務。(02)23216565 分機 610
如有缺頁、破損或裝訂錯誤，請寄回更換

國家圖書館出版品預行編目資料

故鄉的野菜 / 周作人著. -- 初版. -- 桃園市 : 昌明文化出版 ; 臺北市 : 萬卷樓發行,2018.02
面 ; 公分. -- (民國時期經典童書)
ISBN 978-986-496-117-7(平裝)
859.08　　107001315